BIBLIOTHÈQUE CONTEMPORAINE

A. DE PONTMARTIN

ÉPISODES LITTÉRAIRES

AVEC UNE NOTICE

PAR

LÉOPOLD DE GAILLARD

PARIS

CALMANN LÉVY, ÉDITEUR

RUE AUBER, 3, ET BOULEVARD DES ITALIENS, 15

A LA LIBRAIRIE NOUVELLE

1890

ÉPISODES LITTÉRAIRES

CALMANN LÉVY, ÉDITEUR

ŒUVRES COMPLÈTES

DE

A. DE PONTMARTIN

Format grand in-18.

5767-90. — Corbeil. Imprimerie Crété.

ÉPISODES
LITTÉRAIRES

PAR

A. DE PONTMARTIN

AVEC UNE NOTICE

PAR

LÉOPOLD DE GAILLARD

C · L

PARIS

CALMANN LÉVY, ÉDITEUR

ANCIENNE MAISON MICHEL LÉVY FRÈRES

3, RUE AUBER, 3

——

1890

LE COMTE ARMAND DE PONTMARTIN

Le 1ᵉʳ avril dernier, dans le village des Angles, qui est situé en face d'Avignon, sur la rive droite du Rhône, un long convoi mortuaire montait par la route escarpée de l'église, accompagnant à sa dernière demeure un écrivain de renom et de grand mérite, le comte Armand de Pontmartin. Ce convoi se composait surtout d'amis et de paysans, qui étaient aussi des amis. C'est parmi eux, c'est aux Angles qu'il était né, qu'il avait passé les meilleurs jours de sa vie et qu'il a voulu mourir. Depuis douze ans, lui, resté jusqu'au bout si Parisien, on ne le rencontrait plus à Paris. Comme les hommes du XVIIᵉ siècle, pour lesquels son admiration ne se lassa jamais, il avait tenu à mettre un intervalle d'isolement et de repos entre le monde et le jour du grand départ.

Mais il ne faudrait pas croire que ce repos ressemblât en rien à l'oisiveté le plus souvent inerte et ennuyée de la vie de campagne. L'ermite des Angles avait gardé sa règle de travail et la fortifiante habitude d'écrire et de recevoir beaucoup de lettres. Chaque matin, à sept heures, il descendait dans son grand salon du rez-de-chaussée, qui lui servait en même temps de cabinet d'étude, et s'y tenait renfermé jusqu'à l'heure du déjeuner. L'après-midi se passait tout entière en promenade, sous ses beaux marronniers, en visites faites ou reçues, en courses à Avignon ou dans les environs. Il était alors tout à tous, et avec quel entrain, quelle bonhomie, quel don heureux de s'amuser et d'amuser les autres de tout et de rien, avec quel charme de manières affables et de conversation enjouée et riche d'anecdotes : ils le savent, ils ne pourront jamais l'oublier ceux qui ne cesseront de pleurer son intimité perdue. Mais il fallait lui laisser ses matinées, « seul moment, disait-il, qu'il eût pour ses écritures ».

C'est grâce à ces quatre ou cinq heures prélevées sur chaque journée, — ce qui semble peu — qu'il a pu, sans fatigue pour lui et moins encore pour ses lecteurs, suffire à l'une des productions littéraires les plus considérables de ce temps.

De même qu'il avait su faire ainsi deux parts de sa vie, de même on peut dire qu'il y avait en lui deux hommes bien distincts. Outre le Pontmartin de Paris, du journalisme, des théâtres, des salons, de la librairie Calmann Lévy, c'est-à-dire le Pontmartin de tout le monde, il y avait le Pontmartin de chez nous, comme on s'exprime en province, le Pontmartin des Angles et d'Avignon. A l'un la juste gloire d'avoir défendu avec éclat, pendant un demi-siècle, toutes les bonnes causes, d'avoir fait répéter et grandir son nom par tous les échos de notre temps; à l'autre le souvenir ému et reconnaissant de toute une région qui reste fière de le compter parmi ses enfants et de tant de compatriotes qui ne se consoleront pas de ne plus le compter pour ami. De ces deux Pontmartin, lequel ai-je le plus aimé? Hélas! je ne le puis pas dire: car, de son vivant, je n'avais jamais songé à les distinguer l'un de l'autre.

Cette distinction est cependant nécessaire pour expliquer sa vie et nous le rendre tout entier. Homme de lettres, il le fut jusque dans les moelles, non par besoin ou par un vain appétit de gloriole, mais par une vocation innée et sérieuse qui n'avait pas trouvé en soixante ans le temps de se satisfaire. Mis au travail de très bonne heure par un frère de son père, un lettré comme les collèges d'autrefois en faisaient tant, Armand de Pontmartin lisait Virgile à livre ouvert à douze ans. Un autre de ses oncles, M. le marquis de Cambis, frère de sa mère, qui comptait parmi ses folies de jeunesse d'avoir publié avec Renouvier une traduction d'Homère encore estimée, s'intéressait aussi très vivement au jeune prodige. On comprend que lorsqu'il vint prendre place parmi les externes du collège Saint-Louis, un élève ainsi préparé n'eut pas de peine à figurer au premier rang de sa classe. Les concours universitaires des dernières années de la Restauration lui prodiguèrent leurs couronnes les plus enviées. C'est le seul succès de sa vie qu'il se plaisait à rappeler, sans oublier de citer les noms, dont plus d'un est devenu célèbre, de ses camarades et de ses rivaux d'alors.

La révolution de 1830 le surprit juste au sortir de l'École de droit. Pour lui, comme pour tous ceux de son âge et de son parti, c'était l'avenir violemment fermé au moment même où il entr'ouvrait ses portes. On essaya bien de lui faire comprendre que si, par la famille de son père, il appartenait à la monarchie déchue, il pouvait, par la famille de sa mère, se réclamer en toute assurance de la monarchie nouvelle; ce n'était pas tenir compte de cet impétueux sentiment d'honneur qui fut la règle de toute sa vie. Sans hésiter, Pontmartin se rangea du côté des vaincus, et quittant Paris, déjà plein pour lui de tant de séductions, il revint s'établir à Avignon. Là, tout en s'étonnant parfois de se trouver de plus en plus engagé contre des parents qui lui étaient chers et contre un gouvernement qui prenait pour ministres les maîtres illustres qu'il avait si souvent applaudis en Sorbonne, le jeune lauréat des concours généraux avait bien vite été salué comme la plume de combat et le défenseur attitré de l'opposition légitimiste.

C'est dans la *Gazette du Midi*, comme M. Charles Garnier, rédacteur en chef de ce journal, est venu le rappeler éloquemment sur sa tombe, qu'il fit ses premières armes. Bientôt la *Quotidienne*, l'*Album d'Avignon*, la *Mode* et d'autres organes royalistes de Paris et de la province se disputèrent sa collaboration. Il la prodiguait à tous, tour à tour ou même à la fois. On y trouve des articles de polémique locale, des charges à fond contre la politique du temps, des comptes rendus de livres ou de théâtre, des scènes comiques, de petits romans, des vers dont Byron et Musset auraient pu réclamer l'inspiration, toute la floraison épanouie et charmante d'un rare esprit merveilleusement cultivé. Paris ne pouvait tarder à nous le reprendre. La *Revue des Deux Mondes* le compta parmi ses rédacteurs habituels, puis l'*Opinion publique* dont il dirigeait la partie littéraire; puis l'*Assemblée nationale* où nous fîmes campagne à côté l'un de l'autre; puis la *Gazette de France* où nous nous rencontrions aussi, et où il devait donner, pendant vingt-huit ans, un feuilleton hebdomadaire; enfin le *Correspondant*, qui publiait naguère de lui ces *Épisodes littéraires* si jeunes d'esprit et de style qui devaient être sa dernière œuvre.

Les Jeudis de madame Charbonneau, dont j'aurais préféré ne pas avoir à parler, marquèrent l'apogée de sa carrière par le bruit que fit ce petit volume et le nombre de ses éditions. On y vit bien que l'auteur était susceptible, c'est-à-dire trop sensible à la critique et surtout aux mauvais procédés, ce qui est vrai. Mais on voulut y voir qu'il était vindicatif et méchant, ce qui est faux. Personne de plus étonné que lui de tout le tapage qui se produisit. Avant de paraître en librairie, cette virulente satire du monde littéraire d'alors avait déjà été livrée au public dans la *Semaine des familles*, recueil

a.

fondé et dirigé par M. Alfred Nettement. Il faut
bien croire que cette revue était peu lue en
dehors de son cercle de mamans et de jeunes
filles, car aucune plainte, aucune réclamation,
ne s'étaient fait entendre. Dès lors l'auteur
s'était cru autorisé à conclure que l'œuvre était
innocente et la critique anodine. Lui-même n'a
pas tardé à reconnaître son erreur et s'en est
noblement repenti. Que pouvait-on demander
de plus?

On vient de répéter cependant, dans plus d'un
journal, que *les Jeudis de madame Charbonneau*
ont jusqu'au dernier jour fermé à Pontmartin
les portes de l'Académie française. Rien n'est
moins exact. D'abord pour avoir le droit de dire
qu'on a empêché quelqu'un d'entrer, il faudrait
établir que ce quelqu'un est venu gratter à la
porte. Or c'est ce que nous n'avons jamais pu
obtenir de lui. Je dis *nous*, parce que j'aurais
ambitionné pour mon vieil ami cet honneur,
d'ailleurs si mérité. Deux fois, en son absence,
j'ai été chargé de lui demander s'il était dans
l'intention de poser sa candidature pour un

fauteuil vacant. La première fois ce fut par
M. Guizot, la seconde par M. de Montalembert.
Nous n'obtînmes rien, que des remerciements
sans nombre suivis d'un refus. Est-ce à dire
que Pontmartin dédaignait de figurer parmi les
Quarante? Il avait trop d'esprit et se sentait trop
du même monde pour être soupçonné de cet
excès d'orgueil démocratique. La vraie cause,
l'obstacle unique a été indiqué par lui-même
dans ses *Mémoires*. Je puis citer un texte à l'appui :

« Comment ne devines-tu pas, m'écrivait-il,
que le jour de la réception qui est, pour le
nouvel académicien, le jour du triomphe serait
pour moi le jour de la confusion. On viendrait
à ma séance pour se moquer de moi! » C'était
sa voix, sa malheureuse voix aigrelette, de petit
volume et de petite portée, qui lui faisait peur
d'avance. On avait beau lui dire, d'abord qu'un
immortel a le droit, comme tout le monde,
d'avoir la grippe et de faire lire son discours par
un confrère; on avait beau ajouter que si le son
de la voix n'était pas bon, le lecteur était excellent, le manuscrit serait délicieux, et qu'en peu

de minutes le public serait gagné. Ce fut en vain que M. le comte d'Haussonville lui faisait dire par un ami commun qu'il se tenait à sa disposition pour se mettre en rapport d'abord avec l'Académie pour sa candidature, puis avec le public pour le jour de la réception. Ce fut en vain que l'évêque d'Orléans lui écrivait qu'il serait heureux de revenir à l'Académie le jour où il s'agirait de voter pour lui[1]. Rien n'y fit, et la discussion se termina entre nous par un jeu de mots dont il était d'ailleurs très coutumier. Comme je lui énumérais la majorité certaine qui l'attendait au palais Mazarin : « Oui, me dit-il avec tristesse, il y aurait même une voix de trop, c'est la mienne! »

Bien qu'il ait beaucoup écrit, et de toutes parts, et dans tous les genres, l'œuvre importante de Pontmartin sera toujours sa longue collaboration à la *Gazette de France*, c'est-à-dire les onze cent cinquante *Samedis* littéraires qu'il a publiés. Le titre de *Causerie* qu'il leur a donné

---

1. *Lettres de monseigneur Dupanloup, évêque d'Orléans,* publiées par l'abbé Lagrange.

rend très exactement ce qu'il a voulu faire et ce qu'il a fait. La causerie permet tout, excepté le pédantisme et le charabia. Dans cette collection, d'au moins un volume par an, vous ne trouverez pas une phrase toute faite, pas d'érudition en étalage, pas d'analyse à prétention, pas de description pour décrire, pas de métaphysique transcendante, pas trace de prétention et d'ennui, pas de brouillamini et de tintamarre, comme dirait M. Jourdain. En revanche, vous êtes sûr d'y rencontrer partout, avec l'agrément toujours nouveau d'un vif et charmant esprit, un style simple, abondant, léger d'allure et toujours impeccablement correct. Un fin connaisseur en bonne prose, J.-J. Weiss, me disait un jour : « Pontmartin est du petit nombre de ceux de notre temps qui écrivent naturellement en français. »

Quant à le classer dès aujourd'hui, ce serait peut-être trop tôt; l'avenir s'en chargera. Si je ne crains pas de mettre ma confiance dans l'avenir, c'est que tout écrivain qui voudra se rendre compte du mouvement littéraire qui va de 1830 à 1890, c'est-à-dire du romantisme, qui eut ses premières ardeurs, jusqu'au naturalisme qui eut ses dernières indignations[1], sera trop heureux d'avoir sous la main ces Mémoires si complets pour servir à l'histoire des livres de notre temps. S'il me fallait chercher dans le passé des comparaisons ou plutôt des analogies, je songerais à une sorte de Saint-Simon homme de lettres, vivant au milieu des auteurs comme l'autre vivait au milieu des courtisans, mêlé à tout, connaissant tout, racontant tout par le menu, non certes sans malice, ni sans parti pris, ni même sans une certaine pointe d'aristocratie, mais avec la bonne foi visible de la passion, avec une verve infatigable, et pour ses lecteurs avec l'heureuse surprise d'un esprit toujours en scène, et qui n'a pas l'air de s'en douter. Sans doute Sainte-Beuve pénètre plus avant dans les viscères du sujet; mais combien valent la peine d'être ainsi livrées à l'autopsie? Et combien est inutile et répugnante une telle méthode appli-

---

1. Voyez dans la *Gazette de France* du 14 mars, la causerie sur *la Bête humaine* de M. Zola.

quée à des auteurs qui ne sont le plus souvent
ni de premier ni même de second ordre.

II

Parmi les nouvelles, — dont quelques-unes
sont exquises, — où s'amusait la plume de
Pontmartin, il en est une qui porte ce titre
singulier : *Pourquoi je reste à la campagne*. S'il
m'en souvient bien, la réponse donnée conclut
moins à l'apothéose de la vie des champs qu'à
la critique de la vie de Paris. Nous pensons que
la vraie raison, qu'il ne pouvait dire, de ses longs
séjours aux Angles, se trouverait dans le rôle de
providence terrestre qu'il y jouait héréditaire-
ment et de la vie douce et facile qui lui était
faite, tant par un fils de tout point digne de lui
que par les braves gens qui l'entouraient. Ce
côté si intéressant de sa physionomie a été fort
bien mis en lumière dans les paroles d'une
émouvante sincérité qu'un de ses voisins, M. le
baron de Roubin, a prononcées sur sa tombe
au nom du canton de Villeneuve.

On n'aurait jamais songé, aux Angles, il y a peu d'années, à faire une liste pour le conseil municipal sans que son nom ne fût en tête. Bien qu'il n'eût ni le goût ni de particulière aptitude pour les affaires, il lui advint, bien à son insu, d'être maire de sa commune et conseiller général de son canton. Ce scandale ne pouvait durer plus longtemps sous le triste régime où nous sommes tombés. On suscita contre lui un politicien de sous-préfecture, absolument inconnu des électeurs, mais qui ne devait pas tarder à se faire connaître. La campagne fut menée avec un succès d'autant plus facile que Pontmartin ne fit même pas à son adversaire l'honneur de se défendre. Tous les grands moyens furent mis en réquisition, tant par les jacobins que par les fonctionnaires. Lorsque, comme il arrive à peu près partout aujourd'hui, l'accord est fait entre la force administrative et la force révolutionnaire, il n'y a guère de victoire possible pour les conservateurs. C'est trop de deux ! Un des traits ignobles et plaisants de cette élection mémorable fut

qu'on osa invoquer contre notre ami la légende
du plus odieux et du moins authentique des
droits du seigneur. « Cachez vos filles, voilà
M. le comte qui passe! » Tel fut le cri qu'on
entendit, assure-t-on, dans un club de Villeneuve. Riez tant que vous voudrez, — et Pontmartin en a ri longtemps, — mais surtout
attristez-vous; car c'est avec des ignominies de
ce calibre qu'on entraîne le vote des campagnes
et qu'on fait des recrues à la République.

Ailleurs, c'est l'histoire du *coulas*, c'est-à-dire
du collier qu'on va passer au paysan pour
l'atteler à la charrue; ailleurs, c'est la démons-
tration que la masse toujours grossissante des
impôts ne profite qu'aux riches et n'est supportée
que par le pauvre; partout, c'est la menace du
curé qui va s'emparer des pouvoirs du maire et
forcer tout le monde à venir à la messe.

Gouvernement des curés! a dit Gambetta, le
plus intelligent des républicains et le chef de la
bande. Je défie bien l'hérédité de nous livrer à
un souverain plus aveugle et plus hébété que
la majorité du nombre.

La dernière fois que j'ai vu mon vieil ami, il
n'avait plus que sept jours à vivre. Sans maladie bien caractérisée, mais d'une faiblesse
extrême et ne prenant aucun aliment solide, il
n'était pas alité et se tenait dans le grand salon
où sa vie s'est écoulée, en face de trois fenêtres
qui donnent sur la riche vallée du Rhône. Son
seul exercice se bornait depuis quelques jours à
se traîner d'un fauteuil à l'autre. Quand il me
vit, il vint le plus vite qu'il put s'asseoir à mes
côtés. Il m'annonça avec une parfaite sérénité
sa mort pour un des jours de la semaine qui
allait s'ouvrir. « Je n'ai pas attendu, ajouta-t-il,
le dernier moment pour me mettre en règle
avec le bon Dieu. Le P. B... vient me voir souvent
et je me confie à lui avec délices. Ah! mon
ami, quels hommes vraiment de Dieu! Quels
consolateurs!... » Je le louais avec toute l'effusion
d'une amitié chrétienne, puis j'essayai de lui
parler de ses travaux, des livres nouveaux et du
buste donné par souscription, que je voyais en
face de moi. Pontmartin redevint aussitôt le
charmant causeur qu'il a toujours été. Je me

souviens que m'étant plaint à lui d'une photo-
graphie aux traits durcis et de couleur très
sombre qu'on envoyait à ses souscripteurs, il me
répondit en souriant. Peu de temps après son
éclatante disgrâce on osa exposer au Salon un
portrait de Chateaubriand signé par Girodet.
Chacun craignait la colère du maître. Mais cette
fois il sut se contenir et s'en tirer par un bon
mot. Comme le tableau était très poussé au
noir : « Il ressemble à un conspirateur, dit un
courtisan. — Oui, ajouta l'empereur, mais à un
conspirateur qui serait descendu par la che-
minée ! »

Cette saillie et plusieurs autres me donnèrent
l'espoir que le désastre de sa santé était encore
réparable, et que cet entrain de conversation
n'allait pas avec un épuisement complet. Illusion,
hélas ! Chez notre ami comme chez tous ceux
qui ont surtout vécu par l'esprit, c'est l'esprit
qui meurt le dernier. C'est sa flamme qui brille
encore quand toutes les autres sont éteintes.
Juste récompense d'une vie toute d'intelligence et
vouée tout entière aux plus nobles occupations !

Et maintenant, mon cher Armand, que j'ai confié ta mémoire au souvenir pieux de tes lecteurs habituels, la plume m'échappe et mes yeux se voilent en t'adressant l'adieu suprême d'une amitié qui a fait le charme de ma vie pendant près d'un demi-siècle et qui va manquer si cruellement à mes dernières années.

LÉOPOLD DE GAILLARD.

Bollène (Vaucluse).

AVANT-PROPOS

———

Peut-être s'étonnera-t-on que l'auteur de
ce petit livre ait attendu son cinquante-
sixième volume pour publier une préface.
Aussi n'est-ce pas une préface que j'écris.
La prétention serait ridicule. Ce mot suppose
un programme littéraire, l'envie presque toujours illusoire d'initier à ce qu'on a voulu
faire les lecteurs tentés de répondre qu'il
leur suffit de voir et de juger ce que l'on a

1

fait. D'ailleurs, comment un programme me serait-il possible aujourd'hui? Si je disais que, selon moi, l'idéal en littérature est d'être simple et naturel sans être commun, on me prouverait, chiffres en main, que de nos jours, les gros succès sont pour les œuvres dont les auteurs trouvent moyen d'être à la fois prétentieux jusqu'au galimatias et grossiers jusqu'à l'ordure. Si je faisais mine de remonter à la tradition, on me répondrait qu'il n'y en a pas, par la bonne raison que rien n'existait avant *Salammbô*, *Nana*, *Sapho* et *la Fille Élisa*. Si j'invoquais les lois du goût, on me dirait : « Le goût! où prenez-vous le goût? vieux bonhomme, parlez du vôtre; le nôtre est diamétralement contraire. » Si j'en appelais au bon sens, on me citerait aussitôt plus de vingt noms fort en crédit qui relèvent de l'Académie de Charenton bien plutôt que de l'Académie française. Enfin, si je risquais le.

mot ridicule de morale, je serais accueilli par des huées, et on me montrerait sur la table des duchesses et des marquises les plus purs chefs-d'œuvre de l'école naturaliste, déliquescente et pornographique.

D'ailleurs, à quoi bon? Vous voyez bien qu'un programme m'est interdit, qu'une préface m'est impossible. Le passé est irrévocable. Il m'apparaît sous les traits d'un vieillard qui aurait commis beaucoup de fautes, qui n'aurait plus de quoi les réparer et qui n'aimerait pas à se les entendre reprocher. Les leçons, si j'étais assez sottement vaniteux pour me figurer que je puis en donner une, ne doivent s'adresser qu'à l'avenir. Or, qu'a-t-on fait de l'avenir de la France?

Non! Mais, parvenu au terme extrême d'une carrière trop prolongée, je ne puis résister à l'envie de retracer dans une revue rapide les vicissitudes littéraires dont j'ai été le té-

moin; le témoin, entendons-nous bien, rien
que le témoin, le spectateur attristé et inutile.
A de rares intervalles, des catastrophes fou-
droyantes et imprévues, un mouvement de
recul dans l'esprit public, parurent se prêter
à une réaction dans le sens de mes opinions
et de mes espérances. L'illusion dura peu.
En somme, je ne puis me flatter d'avoir pris
une part active à la littérature contemporaine
autrement qu'en me faisant traiter de routinier, de voltigeur d'ancien régime, de rabat-
joie et de trouble-fête, — avec accompagne-
ment d'une grêle de sarcasmes, — chaque
fois que je manquais de respect à une idole,
ou que j'essayais de protester contre un nouveau symptôme de dépravation et de décadence. Contribuer par ses attaques au succès
d'un auteur dangereux et d'une œuvre immo-
rale, est-ce de l'autorité? est-ce de l'influence? Ce serait dans tous les cas de l'in-

fluence en sens inverse et de l'autorité au rebours.

Je vous prie donc, chers lecteurs, qui avez eu la bonté de me suivre depuis près d'un demi-siècle, de considérer ces pages comme le récit d'un voyageur arrivé, non pas au but, mais au bout de son voyage. Et quel voyage, grand Dieu! Jules Verne lui-même n'en a pas raconté de pareil. Un voyage qui m'a conduit de l'abbé Delille et du vicomte d'Arlincourt à MM. Lucien Descaves, Méténier, Joséphin Péladan, Paul Alexis, Céard, Villiers de l'Isle-Adam, et Stéphane Mallarmé!

Dès l'enfance, à l'âge où l'on ne peut qu'entendre et voir, en attendant qu'il soit possible d'écouter et d'observer, un secret instinct — dirai-je un pressentiment fatal? — m'attirait vers les livres, vers les bibliothèques, vers la poésie. Virgile, ainsi que je l'ai dit ailleurs, était mon camarade de lit. Je ne le comprenais pas encore. Je traduisais *canis* par *chien* dans ce passage des Géorgiques :

Vere novo, gelidus canis cùm montibus humor
Liquitur...

N'importe ! L'harmonie virgilienne produisait sur moi un effet extraordinaire, comparable — toutes proportions gardées — à la vibration nerveuse dont ne pouvaient se défendre mesdames de Beaumont et de Custine en entendant lire certaines pages de Chateaubriand.

En 1820, j'allai, avec mes parents, passer quelques semaines dans un château où l'on se piquait de littérature. Le maître de la maison lisait admirablement. Le soir il nous lisait au milieu d'exclamations enthousiastes, le poème de l'*Imagination* de l'abbé Delille, que tout le monde saluait alors du titre de Virgile français. L'épisode du peintre Robert dans les catacombes de Rome soulevait de véritables transports :

L'imagination de fantômes funèbres
Remplit ces noirs caveaux et peuple leurs ténèbres.
O toi qui d'Ugolin traças l'affreux tableau,
Terrible Dante, viens !... Prête-moi ton pinceau !
Prête-moi tes couleurs ! Peins dans ces noirs dédales,
Dans la profonde horreur des ombres sépulcrales,
Ce malheureux qui compte un siècle par instants,
Seul !... Ah ! les malheureux ne sont pas seuls longtemps.
La Mort ! non cette mort qui plaît à la Victoire,
Qui vole avec la foudre et que pare la gloire,
Mais lente, mais horrible, et traînant par la main
La faim qui se déchire et se ronge le sein !...

Ces lettrés de province ne se doutaient pas que le règne de leur poète favori touchait à sa fin, qu'il allait descendre de son Olympe didactique et que Lamartine arrivait avec ses *Méditations*, destinées à renouveler la poésie française. Il est vrai que, lorsqu'elles parurent, l'abbé de Féletz, bien spirituel pourtant, n'y vit que du feu. Dans la délicieuse élégie du *Lac*, il signala deux hémistiches, l'un em

prunté à Thomas, l'autre à Lemierre, et, à
propos d'un vers qui lui sembla imité de Jean-
Baptiste Rousseau, il engagea Lamartine à
se rapprocher un peu plus de son *admirable
modèle.*

A la même époque, éclata, comme une
fumée dans un ciel nocturne, la vogue extraordinaire du vicomte d'Arlincourt ; le troisième
vicomte acquis à la gloire après Bonald et
Chateaubriand, comme lui dirent les flatteurs
et les mauvais plaisants. Cette vogue fut éphémère. On ne tarda pas à se raviser et dès lors on
ne voulut pas qu'il fût dit que l'on avait pris
un moment au sérieux ces phrases de mélodrame et ce style hérissé d'inversions. Il n'en
est pas moins vrai que *le Solitaire* s'était em-
paré de toutes les imaginations. Douze éditions
en six mois, l'équivalent du centième mille
en 1890 ; cinq ou six théâtres s'ouvrant au
mystérieux ermite du Mont-Sauvage. Grâce

à la facile musique de Carafa, le *Solitaire
qui voit tout, qui entend tout*, devenu presque
aussi populaire que le sera plus tard *la Dame
Blanche qui nous voit et qui nous entend; le
Solitaire* donnant son nom à la couleur d'une
étoffe; enfin une foule de petites filles bap-
tisées cette année-là répondant au nom poétique d'Élodie, et condamnées pour leur pé-
nitence, à porter encore ce nom, passées à
l'état de grand'mères... Comment le vicomte
d'Arlincourt, doué d'une vanité imperlur-
bable, ne s'y serait-il pas trompé? Il s'y
trompa si bien et si longtemps que l'illusion
dura toute sa vie.

En 1823, lorsque j'allai à Paris faire mes
classes au collège Saint-Louis, quelques posi-
tions étaient prises, d'autres étaient perdues,
d'autres étaient menacées. La bourgeoisie
parisienne, intelligente et libérale, raffolait
de Casimir Delavigne, qui était le poète à la

1.

mode, et dont la célébrité battait son plein.
Comme Béranger, mais avec plus de mesure,
il personnifiait l'alliance du jeune libéralisme
avec les souvenirs et les regrets bonapartistes.
Ses *Messéniennes*, publiées par le libraire
Ladvocat, et étalées, galerie de Bois, en assez
mauvaise compagnie, avant la désinfection
du Palais-Royal, se vendaient par milliers.
Son *École des Vieillards* eut cette bonne fortune que Talma s'engoua du rôle de Danville
et que l'on vit pour la première fois son nom
uni dans la même pièce à celui de mademoiselle Mars. Détail curieux et triste : Lamartine lui adressa une épître en beaux vers
où il l'engageait à se méfier des excès de la
liberté. Delavigne, dans sa réplique, conseilla
à Lamartine de se tenir en garde contre le
fanatisme religieux. Or, Delavigne, mort en
1843, ne dépassa jamais les limites du plus
sage orléanisme. Lamartine, en 1848, se fit

le complice et le porte-voix des plus funestes
excès de la liberté. D'un côté, *la Parisienne*,
de l'autre, *la Marseillaise*. Je conviens que
l'hymne de Rouget de l'Isle a plus de souffle,
de puissance et de flamme que cette pauvre
Parisienne qui semble avoir été prise par une
averse entre deux rayons du soleil de juillet.

> « On nous a dit : « Soyez esclaves ! »
> Nous avons dit : « Soyons soldats ! »
> ... « De sa cartouche citoyenne
> Fait une offrande à son pays... »
> .. « Soldat du drapeau tricolore,
> D'Orléans, toi qui l'as porté ! »

Vers grotesques qui portèrent malheur au
poète des *Messéniennes* et commencèrent sa
décadence. Rappelons un autre détail qui
pourrait servir à l'histoire des poètes entre
eux. Lamartine, qui n'avait pas cru déroger
au prenant l'initiative d'un dialogue poétique
avec Casimir Delavigne, ne daigna pas répondre à l'admirable épître d'Alfred de Mus-

set, un des chefs-d'œuvre de la poésie contemporaine. Plus tard, il déclara, pour son excuse, qu'il ne l'avait pas lue (!), qu'il n'en avait jamais entendu parler (!!).

A cette date, malgré la popularité de Casimir Delavigne et de Béranger, le parti royaliste, même sur le terrain de la poésie, ne se tenait pas pour battu, et il avait bien raison. A un bon rang au-dessous de Lamartine, il pouvait revendiquer Soumet et Guiraud, qui ne sont plus aujourd'hui que deux noms inscrits sur deux tombeaux, mais qui eurent leur moment, Il comptait surtout, avec une confiance absolue, sur un jeune poète ardemment royaliste, à peine majeur, dont le nom singulier éveillait des idées de germanisme, de moyen âge, de *Burg*, de cathédrale gothique, et de qui l'on ne pouvait dire encore s'il serait original ou bizarre, excentrique ou sublime, démolisseur ou fondateur, — un phénomène

ou un prodige : Victor Hugo. En 1823,
Louis XVIII, peut-être à contre-cœur, avait
confié le pouvoir à un ministère d'extrême
droite soutenu à la Chambre par une majorité compacte. Chateaubriand faisait partie
de ce ministère, et, malgré tout son génie,
on était tenté de sourire quand on l'enten-
dait parler de sa guerre d'Espagne comme il
eût fait de René ou de l'épisode de Velléda.
La sourde antipathie du roi et la secrète
méfiance de M. de Villèle lui préparaient
pour l'année suivante cette éclatante rupture
qui le jeta violemment dans l'opposition, et
fit de lui l'allié le plus dangereux du jeune
et du vieux libéralisme. Arrêtons-nous un
instant et récapitulons.

Je ne suis encore qu'à le première page
de mes souvenirs, et j'ai déjà écrit bien des
noms qui ont eu leur célébrité. Parmi ceux-là
il en est quatre qui ont pu se promettre

l'immortalité sans trop de présomption :
Chateaubriand, Lamartine, Victor Hugo et
Alfred de Musset. Mais si vous cherchez
parmi les immortels et les oubliés celui qui
a vraiment accompli sa tâche, suivi sa vocation, marché jusqu'au bout de sa destinée,
rendu service à son pays, contribué à l'apai-
sement des mauvaises passions, à la sécurité
et à la prospérité de la France, vous n'en
trouverez pas un seul. *Sur l'océan des âges*,
comme dit Lamartine dans *le Lac*, je
cherche des yeux un navire, je ne vois que
des épaves, tout au plus des chaloupes de
sauvetage. Dans le nombre des inférieurs,
des disparus d'aujourd'hui, il y en a eu qui,
se fiant à un succès de vogue, ont cru être
sûrs de leurs lendemains. Quel sujet de réflexions pour nos modernes triomphateurs,
qui se croient certains de durer parce qu'ils
réussissent !

Si j'avais à choisir dans ce siècle qui finit si mal et qui a si peu de temps pour se réhabiliter, l'année par excellence, l'année heureuse, l'année glorieuse, je choisirais 1828. Nul ne pouvait prévoir que Charles X, sacrifiant la politique à l'amitié, rêvait de remplacer M. de Martignac par M. de Polignac. Il y avait une trêve entre les partis. Chateaubriand, rentré en grâce, ramenant avec lui le *Journal des Débats*, était appelé à l'ambassade de France à Rome, poste qui lui convenait admirablement, répondait à ses goûts, le mettait en rapport avec nos artistes, associait son génie mélancolique à des souvenirs de grandeur et à la poésie des ruines, et lui permettait de ne plus faire que de la politique contemplative et platonique. Une jeunesse enthousiaste se pressait aux cours de la Sorbonne, devenus, à la voix éloquente de MM. Guizot, Cousin et Villemain, une de

nos gloires nationales. La parole melliflue de
M. de Martignac séduisait et persuadait même
ses adversaires qui l'avaient surnommé « la
Sirène », avec cette différence que les sages
n'avaient pas à se boucher les oreilles de
peur de l'entendre. Grâce à une coïncidence
providentielle, pas un des fléaux qui, depuis
lors, ont décimé nos populations, détruit
nos cultures, diminué de moitié le produit
de nos terres, ne s'était abattu sur la France.
Elle s'enrichissait à la fois de la surabondance
de ses revenus industriels et agricoles, et de
la modicité des impôts, aujourd'hui décuplés.
Elle n'avait pas même à se plaindre de son
veuvage de gloire, puisque l'expédition de
Morée et la victoire de Navarin offraient
le double avantage d'ajouter une page aux
fastes de notre marine et de notre armée, et
de satisfaire les enthousiasmes helléniques,
étroitement liés à la poésie. Cette croisade,

en effet, inspirait nos poètes et naturalisait parmi nous le génie de lord Byron, tandis que les romans de Walter Scott, plus populaires à Paris qu'à Londres, échauffaient et coloraient l'érudition d'Augustin Thierry et imprimaient une direction nouvelle à nos études historiques. Pas le plus léger accroc aux croyances religieuses et royalistes de Lamartine, qui venait de publier les *Secondes Méditations* et le *Chant du Sacre*, et qui préparait les *Harmonies poétiques*, en attendant le discours de réception, si franchement vendéen, à l'Académie française.

La Muse de Victor Hugo était plus inquiétante. La fameuse préface de *Cromwell*, ambitieux manifeste où le romantisme naissant était qualifié de *libéralisme en littérature, le Dernier jour d'un Condamné*, où se révélaient déjà les tendances à l'antithèse en l'honneur des scélérats, des assassins, des courtisanes,

des reines adultères et des forçats ; le culte
de plus en plus lyrique de l'épopée impériale
et de Napoléon Bonaparte, *Soleil dont il était
le Memnon ;* l'ode *A la Colonne,* à propos d'un
incident soulevé par l'ambassade d'Autriche,
rien de tout cela n'était fait pour plaire aux
premiers patrons du poète : mais enfin, les
grandes lignes demeuraient provisoirement
intactes. On pouvait croire à un dernier bouil-
lonnement de jeunesse, à une exubérance de
sève fermentant sous l'écorce d'un chêne, à la
fièvre d'une imagination, pressée de jeter sa
gourme. Le poète avait le droit de dire que,
dans sa pensée, le libéralisme littéraire était
le complément des libertés politiques, inau-
gurées par la monarchie de 1814 ; il pouvait
ajouter que ce romantisme dont on le pro-
clamait déjà l'initiateur et le chef s'accordait
parfaitement avec cette monarchie, puisqu'il
ressuscitait la poésie du passé, renouait la

tradition chrétienne, rompait énergiquement
avec la philosophie encyclopédique et le
paganisme poétique, et, remontant le cours
des âges, passait par-dessus Voltaire, Boileau,
Malherbe et Rabelais, pour aller rejoindre
les siècles de foi. M. Hugo, à ce moment critique, était un turbulent, un novateur, un
enfant terrible plus encore que sublime : il
n'était pas un renégat, un transfuge, un in-
grat, le déserteur de son premier drapeau,
l'insulteur de la majesté royale, le déiste
superbe traitant d'égal à égal avec le vrai
Dieu.

Nous voici à la veille de la révolution de
Juillet; ce qui m'amène à aborder mon véritable sujet; explications nécessaires pour
que ces pages aient un sens. Et d'abord,
encore une fois, point de malentendu! Nul
n'est plus franchement rallié que moi à la
dynastie d'Orléans, à ces princes qui répon-

dent à nos ingratitudes en redoublant de
patriotisme. Si quelque chose avait pu réparer
l'irréparable, c'était la sagesse de Louis-Philippe, sa résistance aux passions anarchiques,
l'habileté avec laquelle il sut maintenir la
paix au dedans et au dehors et nous donner
malgré tout le gouvernement au grand air
et au grand jour. Par malheur, à côté de la
royauté nouvelle que la révolution de 1830
élevait sur le trône vacant, il y avait la révolution elle-même, l'esprit ou le venin révolutionnaire, que la monarchie de 1814 avait
ajourné sans le vaincre et auquel les journées de Juillet ouvraient une carrière nouvelle. Sans entrer dans la politique, on peut
dire qu'il pervertit le romantisme, compro-
mit la littérature et mit un ver dans le ca-
lice de cette fleur qui venait de s'épanouir.
Qu'elle était charmante, cette fleur du romantisme à son aurore! Adressons-lui un

dernier regard et respirons-en le parfum,
pour qu'il ne soit pas dit qu'aucune image
consolante n'adoucit ces souvenirs de tristesse.

> Mais que ne pardonne-t-on pas
> Pour Clorinde et pour Herminie?

Que n'aurait-on pas pardonné à ce beau
couple qui entrait en ménage avec la coura-
geuse confiance de l'amour et du bonheur, à
cette jeune mère, qui, aux premières représentations d'*Henri III* et d'*Hernani*, nous
souriait du haut de sa loge avec son premier
enfant sur ses genoux et qui, dans le rayonnement de la vingtième année, justement
fière de son glorieux époux, semblait le
défier de ne pas lui être fidèle? Si ce général
de vingt-sept ans rappelait un autre vainqueur, le vainqueur d'Arcole et de Marengo,
quel état-major! Ce que je dis de Victor
Hugo pourrait se dire du romantisme lui-

même, à cette heure fugitive de la *Pléiade* et du *Cénacle*. C'était un enchantement. Pas un souffle impur n'avait encore passé sur ces âmes qui nous semblaient sincères. Le faisceau n'était pas brisé; chacun prenait sa part du succès de son voisin; on aurait eu peine à nous persuader que Sainte-Beuve et Alfred de Vigny n'étaient pas religieux jusqu'au mysticisme. Les amours chevaleresques s'épanchaient en toutes sortes d'hymnes, de stances, d'élégies, d'idylles, j'allais dire de cantiques, sans compromettre les idoles. Laure et Béatrix régnaient en souveraines sans avoir à craindre l'encens de leurs sujets. Marion Delorme était purifiée. On eût dit que les vierges, les anges et les saints sculptés sur le fronton de nos cathédrales allaient revivre, s'animer, prendre la parole et bénir la ville de sainte Geneviève. C'est dans les *Consolations* de Sainte-Beuve, aujourd'hui bien oubliées, que l'on pourrait trouver la note exacte de ce dilettantisme religieux et monarchique qui n'avait pas, hélas! plus de racines dans ces intelligences d'élite qu'une mode dans les cervelles féminines. Tandis que le romantisme se jouait à lui-même cette comédie de renaissance catholique et monarchique, la révolution se faisait sa part léonine, affichait ses haines antichrétiennes, forçait les prêtres de se déguiser, saccageait Saint-Germain l'Auxerrois, pillait l'Archevêché, noyait sa bibliothèque et poussait des cris de mort contre l'archevêque. C'est que, dans ce conflit, la foi était artificielle, l'impiété animée d'une brutale franchise faisait le fond de la population parisienne. Les mangeurs de prêtres obéissaient à de grossières passions, les romantiques à une consigne, la religion ou la superstition du romantisme n'était pas de complexion assez forte pour dompter les caractères, émousser les froissements, apaiser les désaccords, triompher des vanités, et maintenir l'harmonie dans la diversité, l'unité dans la variété. Aussi, au bout de moins d'une année, quelle dispersion! que de ruptures, dont quelques-unes eurent l'acrimonie d'une déclaration de guerre! Quel déchet, de *Hernani* au *Roi s'amuse* et à *Marie Tudor!* Quel isolement autour de M. Hugo, forcé de se créer au rabais un nouveau public, et de nous remplacer par des rapins et des bouzingots!

Ici j'ouvre une parenthèse. Les témoins de l'apothéose finale et des triomphales obsèques de M. Hugo auraient peine à se figurer à quel point il fut impopulaire pendant presque toute la durée du règne de Louis-Philippe. Le parti légitimiste en nombre, grossi de tous les mécontents et de tous les esprits généreux, fut indigné de le voir, pendant que Charles X était encore en chemin vers Cherbourg, se hâter de célébrer les *trois beaux soleils* qui *brûlent les Bastilles* et qui *sauvent les familles.* On se demanda comment les familles populaires du faubourg Saint-Antoine et du boulevard du Temple, même après les fatales Ordonnances, avaient besoin d'être sauvés. *Marion Delorme,* jouée après *Antony,* par les mêmes acteurs, ne réussit pas, et ne fit pas un sou. Dès l'année suivante, Sainte-Beuve et Gustave Planche, devenus ses ennemis pour des raisons différentes, ne cessèrent de le harceler, l'un à coups d'épingle, l'autre à coups de trique, l'un avec ses malices sournoises et ses sous-entendus perfides, l'autre avec la rudesse et l'âpreté de ses procédés habituels. Il avait beau multiplier ses chefs-d'œuvre, *Notre-Dame de Paris,* les *Feuilles d'automne,* les *Voix intérieures, les Rayons et les Ombres*, *Ruy-Blas*, les *Chants du crépuscule*... peines perdues! Le grand poète ne ramenait à lui ni la foule ni l'élite. Les femmes restaient fidèles à Lamartine et portaient aux nues *Jocelyn*. A dater de 1835, une partie de la jeunesse fit d'Alfred de Musset son poète favori. Vers cette époque, M. Hugo donna la mesure de son orgueil : jaloux des succès dramatiques d'Alexandre Dumas, il introduisit au *Journal des Débats* un nouveau venu, M. Granier de Cassagnac, à condition qu'il y débuterait par deux articles où il prouverait que le théâtre de Dumas vivait d'emprunts ; que, par exemple, la scène d'*Henri III* où le duc de Guise meurtrit le bras de la duchesse pour la forcer d'écrire à Saint-Mesgrin et de lui donner un rendez-vous, était copiée dans *l'Abbé*, de Walter Scott ; que le monologue de Sentinelli, dans *Christine*,

... Le voilà ! le voilà !...
Mais est-ce lui ? non... si... si... mon regard se trouble !
C'est bien lui ; son cheval de vitesse redouble ;
Je le vois accourir d'écume blanchissant...
Il se cabre ; d'avance a-t-il flairé le sang ?...
Mais sous son éperon plus rapide il s'emporte ;
De ce château fatal tu dépasses la porte,
Et tu n'aperçois pas au terme du chemin
Un spectre qui t'attend une épée à la main !
... Descends de ton cheval, flatte son cou nerveux !

était calqué sur *le* célèbre monologue du duc d'Albe, dans le *Comte d'Egmont*, de Gœthe :

« C'est lui ! Egmont, ton cheval t'emporte dans ma cour bien rapidement ! Il ne craint donc pas l'odeur du sang ? il n'a donc pas vu sur le seuil le spectre qui l'a reçu, l'épée à la main ?... Descends... Bon ! un pied dans la fosse... Deux !... Oh ! oui, caresse-le !... Quelques petits coups sur la tête pour le dernier service qu'il vient de te rendre !... Il n'y a plus à délibérer ; l'aveuglement d'Egmont me détermine; on ne se livre pas ainsi deux fois!

« Puis, la scène effrayante entre le comte et le duc, suivie de l'arrestation; et, dans *Christine*, l'arrestation de Monaldeschi à la suite de la scène très dramatique avec Sentinelli.

Ce fut bien pis, lorsque le roi Louis-Philippe, qui n'était ni romantique ni même poétique, nomma, bien malgré lui, M. Victor Hugo pair de France sur les instances de la duchesse d'Orléans, à qui le poète avait persuadé que c'était un des vœux les plus chers du mari qu'elle pleurait. Cet épisode se compliqua, peu de temps après, d'un scandale qui eut son côté comique. Le nouveau pair de France, de plus en plus oublieux du *manibus date lilia plenis* d'un de ses premiers recueils lyriques, fut surpris en *criminelle conversation* avec la femme d'un peintre, qui eut son jour de célébrité. Ce peintre, M. B..., déclara qu'il avait cru que le complice de son infidèle était l'acteur Lafont, et que, s'il avait su que ce fût notre grand poète, il aurait imité la résignation du vieux sergent de M. Scribe, qui souffre et se tait *sans murmurer*. Comme ce peintre excellait surtout dans la caricature, les mauvais plaisants rirent tout ensemble aux dépens du mari et du coupable. Puis survint la première représentation des *Burgraves*, annoncés avec fracas et à peu près tombés. Chose singulière ! pendant ces dernières années de la monarchie de Juillet, les détracteurs les plus acharnés de M. Hugo furent les républicains, les journalistes du *National*, de la *Réforme* et du *Charivari*. Ils réduisaient le génie de l'auteur des *Feuilles d'automne* aux proportions d'un Claudien français ; ils exagéraient, pour le rejeter dans l'ombre, le succès de la *Lucrèce* de Ponsard ; ils remerciaient made-

moiselle Rachel d'avoir ressuscité Melpo-
mène et de nous avoir rendu la vraie poésie,
la vraie tragédie françaises, trop longtemps
interceptées par le drame romantique.

Si j'insiste sur ces détails, si j'ai l'air de
concentrer sur M. Victor Hugo les ravages
exercés par l'esprit révolutionnaire, c'est
que je trouve en lui, à une des cimes de la
poésie contemporaine, le type le plus complet et le plus illustre des victimes de ces
ravages. Ils s'opérèrent de deux façons, sur
les intelligences et sur les destinées. Ceci
mérite explication.

Certes, si routinier, si traditionnel que je
puisse être, à Dieu ne plaise que je mécon-
naisse la prodigieuse expansion et comme
l'explosion de talents qui suivit la révolution de Juillet! Les noms se presseraient au
bout de ma plume, si je ne voulais me borner.
La littérature eut, pour ainsi dire, deux

étages, l'un où se maintenaient les esprits
sérieux, les œuvres durables, Chateaubriand,
Guizot, Villemain, Montalembert, Lacordaire, Augustin Thierry, Cousin, Lamartine,
Alfred de Vigny, Vitet, Sainte-Beuve, Alfred
de Musset, Mérimée, Nisard, Saint-Marc
Girardin, etc., et l'autre (qu'on pourrait
appeler le rez-de-chaussée) où brillaient Jules
Janin, Alexandre Dumas, Frédéric Soulié,
Eugène Sue, Théophile Gautier, Léon
Gozlan, Féval, Méry, Alphonse Karr, Charles
de Bernard, Jules Sandeau. Je réserve et place
dans l'entre-deux Balzac et madame Sand,
dont les romans donneraient lieu à bien des
réflexions, si dans ces pages rapides je ne
m'étais promis d'imposer silence à mes habitudes de critique.

Eh bien! tout en admirant — avec réserves de catholique et de royaliste — les
hommes de génie, tout en rendant pleine

justice aux hommes de talent, je crois pouvoir affirmer que tous ou presque tous auraient gagné beaucoup plus que perdu, si
la révolution, à la suite des journées de
Juillet, n'avait pas repris, et cette fois pour
toujours, son œuvre de plus en plus dissol-
vante. Je suis forcé de me borner à un certain nombre de nos célébrités contempo-
raines : Chateaubriand, qui passa les vingt
dernières années de sa vie à gâter ses ter-
ribles *Mémoires*, en aurait certainement
retranché les pages violentes, ou plutôt il
n'eût pas eu sujet de les écrire. Sans abuser
de l'histoire conjecturale, on peut supposer
que le génie batailleur de Lamennais,
n'étant pas émancipé par une révolution, et
ne rêvant pas l'alliance de cette révolution
avec la religion catholique, n'aurait pas
rompu avec l'Église, et alors... oh! alors,
nous n'aurions pas eu le navrant spectacle

de cette tragique vieillesse tourmentée de la foi perdue, comme le mutilé du membre amputé, et où la soutane déchirée faisait sur ces maigres épaules office de la robe de Nessus. Lamartine! un mot de plus serait un pléonasme. Victor Hugo! Il y aurait perdu l'absurde popularité de ses dernières années; mais quelle large indemnité, ou plutôt quel énorme bénéfice si le maintien de la royauté qui lui avait inspiré ses premiers vers lui avait évité le malheur d'écrire les derniers! Madame Sand était d'avance une interprète fort peu chrétienne de la passion révoltée contre le devoir; mais, au point de vue purement littéraire, vivant sous le sceptre incontesté d'un Bourbon de la branche aînée, elle aurait évité la dangereuse tentation qui faillit la faire sombrer dans l'ennui, de traduire en romans les utopies humanitaires des Pierre Leroux, Cabet, Considérant,

Fourier et consorts. Sans pouvoir m'appuyer sur des preuves mathématiques, il me semble que Balzac aurait été tout autre. Sainte-Beuve ne serait pas allé jusqu'à l'athéisme officiel, et, soit dit en passant, l'Académie française n'aurait pas eu à subir le scandale public de cinq ou six enterrements civils.

M. Guizot aurait pu être ministre sous Henri V comme sous Louis-Philippe, et obtenir ses magnifiques triomphes de tribune. Dans tous les cas, qu'auraient été les contrariétés ou les regrets d'une ambition moins complètement satisfaite, comparés aux amères tristesses de la chute, aux douleurs patriotiques de cette vieillesse prolongée au delà des limites ordinaires, qui le fit assister aux désastres de la France, à l'invasion, à la perte de deux provinces, à l'effroyable rançon, aux crimes de la Commune et, finalement, à la ruine de nos espé-

rances monarchiques? En faisant de MM. Cousin et Villemain deux ministres, la révolution leur rendit un bien mauvais service.
La chaire leur allait mieux que la tribune,
le palais de l'Institut mieux que les hôtels
des ministères, et leur bagage littéraire
mieux que leur portefeuille politique. Si
leur passage au pouvoir nous priva de quelques beaux ouvrages, et si nous en expri-
mons nos regrets, est-ce une raison pour
nous qualifier d'éteignoirs?

Les noms vénérés et bénis de Montalembert et de Lacordaire soulèvent sous notre
plume des questions plus délicates. Nous ne
voudrions en parler que comme l'obligé parle
de ses bienfaiteurs, avec reconnaissance, tendresse, admiration et respect. Pourtant, le
dirons-nous? — à présent que l'on peut juger à distance et sans passion l'histoire religieuse de notre siècle, il est permis de se

demander si la révolution, au lieu de les
seconder, ne les a pas desservis, en un temps
et dans un pays où la liberté est si perfide et
si accapareuse, l'autorité si fragile et si me-
nacée. S'ils se sont trompés, jamais erreur
plus généreuse n'égara de plus nobles âmes.
Quoi de plus séduisant que cette idée, au
moment où la révolution essayait de préva-
loir contre l'Église et supprimait ce prétendu
régime du *trône et de l'autel*, qui avait servi
de prétexte à tant de calomnies, la combattre
avec ses propres armes, isoler l'autel, tourner le dos au trône, prouver aux générations
nouvelles que la liberté n'effraie pas la religion, qu'il lui sied mieux d'être libre et militante que protégée et asservie? C'est très beau
en théorie; mais la réalité et nos souvenirs
personnels nous forcent d'en rabattre. Montalembert lui-même et Lacordaire, ces types
incomparables de piété, de vertu, de loyauté

et d'éloquence, furent les commentaires
vivants de cette vérité, que le catholicisme
libéral est une admirable chimère, qu'il reste
le privilégié de quelques hautes intelligences,
qu'il ne peut demeurer jusqu'au bout fidèle
à son programme, et qu'il arrive toujours
un moment où la liberté inquiète l'autorité.
Que de trouble et de malaise cette grande
idée n'a-t-elle pas mis dans ces consciences
si pures! Que de périls, dont les sauva l'ardeur de leur foi, mais au prix de douloureux efforts, d'une sorte d'ébranlement de
toutes les facultés de l'âme! Ce ne fut pas
trop pour Lacordaire, des sages conseils, des
consolations balsamiques de madame Swetchine pour apaiser les angoisses de ce génie
désorienté, que sa rupture avec Lamennais
faisait, pour ainsi dire, orphelin, avant que,
revenu de ses mécomptes et agenouillé sur
son prie-Dieu, il eût répété : « Notre Père

3

qui êtes aux cieux! » Et Montalembert! s'il
est vrai, comme on l'assure, que sa dernière
parole ait été une protestation contre le Con-
cile et le Vatican, comment ne pas se méfier
d'une doctrine qui passe ainsi d'un extrême
à l'autre, et finit par refuser à la papauté
le nécessaire après lui avoir prodigué le
superflu?

D'ailleurs, pour revenir à notre pauvre littérature, supprimez la révolution : manquera-t-il un chapitre aux immortels *Moines
d'Occident?* Manquera-t-il une page aux ad-
mirables *Conférences?*

Je m'arrête. La liste serait trop longue et
ramènerait toujours le même refrain. Que
serait-ce pourtant, si je parlais de l'énorme
déperdition de forces non moins prodigieuses,
que je résume dans un nom : Alexandre
Dumas? du gaspillage de tous ces talents si
variés, réduits à l'état d'amuseurs et condam-

nés presque tous à ne pas se survivre, faute d'une direction, d'une discipline et d'une autorité morale? Si j'avoue que les morceaux en sont bons, j'ajouterai qu'il vaudrait mieux que ce ne fussent pas des morceaux.

J'ai hâte d'arriver à la république de février, non pas que le souvenir m'en soit agréable, mais parce qu'elle me rappelle des illusions que je partageai avec la plupart de nos amis. La réaction fut si vive que je la pris au mot, non seulement pour 1848, mais pour les crises suivantes. La bourgeoisie intelligente, riche et lettrée, était si exaspérée d'avoir été prise au dépourvu, vaincue sans combat et appréhendée au collet par une poignée d'émeutiers, de cabotins, de journalistes et de tribuns de pacotille, que, si on lui avait proposé de dresser, place de Grève, un immense bûcher et de brûler Voltaire, Jean-Jacques, Diderot, Béranger, Hugo,

George Sand, Eugène Sue, Théophile Gautier et généralement tous les feuilletons
publiés sous Louis-Philippe, elle aurait ap-
plaudi avec transport et aurait volontiers
fourni les bûches. J'en fis l'expérience,
ainsi que je l'ai dit ailleurs, dans l'*Opinion publique*, où des articles sévères, non
pas sur des œuvres ouvertement immo-
rales et impies, mais sur *Notre-Dame de
Paris*, sur *Raphaël*, sur les *Girondins*, sur
M. Thiers et M. Mignet, me valurent un succès de salon et même de boulevard. Mon
erreur fut de croire que des circonstances
analogues et même infiniment plus graves,
des leçons plus douloureuses, des scènes plus
sanglantes, des désastres plus effroyables,
amèneraient une réaction analogue, et que,
au lendemain du siège, de l'invasion et de
la Commune, à la faveur d'élections profondément monarchiques, nous allions tous, en

littérature comme en politique, être des modèles de sagesse, jeter au panier le fruit défendu, et faire de notre malheur le point de
départ d'une nouvelle école, jalouse de réparer tout ce qui était encore réparable. Je me
trompais, et il est facile de comprendre que,
malgré les apparences, la situation n'était pas
la même. La république de février succédait
brusquement et sans transition à une monarchie libérale qui n'avait introduit dans les
diverses classes sociales, depuis les intelligences les plus cultivées jusqu'aux masses
populaires, ni dissimulation ni mensonge. Il
en était tout autrement après les dix-huit
années de l'empire, terminées par un coup
de foudre. Je ne voudrais pas écrire un mot
offensant pour d'augustes infortunes ; mais
il faut bien avouer, après épreuve faite et
subie, que le second empire réunit tous les
défauts d'une dictature démocratique, presque

socialiste, et que ces défauts furent aggra-
vés encore et envenimés par la malheureuse
invention d'un *empire libéral* qui émancipait
toutes les haines sans en désarmer aucune,
ne ramenait au gouvernement ni les proscrits
de 1851 ni les amnistiés de 1859 et permettait à ses ennemis de s'offrir tout un arriéré
de démolitions. Le même sentiment de respect, dirigé vers un autre horizon, m'empêche
de rechercher trop curieusement si la réaction que j'espérais n'aurait pas été l'inévitable conséquence du rétablissement de la
monarchie. Non, nous avons bien assez de
nos tristesses, de nos humiliations présentes,
sans y ajouter l'amertume de nos regrets et
de nos plaintes, adressées à un tombeau. Ce
qui est positif, c'est que l'avortement des
illusions royalistes en 1871 et 1873, les divi-
sions du parti conservateur, les fautes de nos
amis et les élections révolutionnaires de 1876

devaient nécessairement amener ce que nous voyons aujourd'hui, un incessant progrès dans le mal, une incroyable anarchie qui s'étend à la politique, à la littérature, aux arts et à tous les détails de ce que M. Guizot appelait la vie sociale. J'ai trop souvent signalé, dans mes causeries hebdomadaires, cet amas de turpitudes, cette perversion de la langue, cette apothéose du vice, ces hypertrophies d'impiété et d'obscénité, ces connivences de la société polie avec ses corrupteurs et ses agresseurs, pour y revenir dans ces pages d'adieu où je ne prétends pas critiquer, mais raconter. Remarquons seulement qu'il a fallu le triomphe de la révolution démocratique et jacobine pour rendre possibles, dans le gouvernement cette *tolérance* (ici ce mot équivoque est pris dans son double sens), dans le monde cette complicité, dans la magistrature cette impunité, dans la république des lettres cette effrayante émulation *du plus fort en plus fort.* Remarquons aussi, pour être tout à fait juste, que le mal remonte aux belles années de l'empire. Je ne citerai qu'un nom et une phrase, mais quelle phrase et quel nom ! Gustave Flaubert est de plus en plus le dieu de l'école nouvelle, et sa divinité menace de détrôner celle du père Hugo. *Madame Bovary*, on le sait, fut poursuivie devant la police correctionnelle par un avocat général qui, grâce à un hasard bien rare, était en même temps membre de la société de Saint-Vincent-de-Paul. Si j'avais été un de ses juges, je ne l'aurais peut-être pas condamnée pour les scènes un peu trop vives que signala M. Ernest Pinard. Hélas ! depuis lors, nous en avons vu bien d'autres. Mais je lis à la page 52 : « Courbé sur son assiette remplie et la serviette nouée dans le dos comme un enfant, un vieillard mangeait, laissant tomber de sa bouche des gouttes de sauce. Il avait les yeux éraillés et portait une petite queue enroulée d'un ruban noir. C'était le vieux duc de la Verdière, l'ancien favori du comte d'Artois dans le temps des parties de chasse au Vaudreuil, chez le marquis de Conflans, et qui avait été *l'amant de la reine Marie-Antoinette* entre MM. de Coigny et de Lauzun. » Pour ces lignes monstrueuses, j'aurais condamné M. Flaubert à faire, pieds nus, un pèlerinage expiatoire du Palais de Justice au Temple et du Temple à la place de la Concorde. C'était bien là, malgré un vernis de luxe et d'élégance, l'avènement de la grossièreté, prévu et redouté par Sainte-Beuve dès le lendemain de la révolution de février.

Dans cette préface qui n'en est pas une, et où j'ai évité autant que possible le *moi* proverbialement haïssable, je n'ai rien dit des

3.

fautes, des imprudences que j'ai commises et qui amenèrent des crises dans ma vie littéraire. Mais, arrivé à cette dernière page, je me contente d'évoquer un souvenir. Je n'avais pas vingt ans quand j'assistai au nouveau triomphe de la Révolution. Il y a de cela près de deux tiers de siècle. Depuis lors, je l'ai toujours haïe et combattue ; et, comme elle a été presque constamment victorieuse, j'ai toujours figuré parmi les vaincus. Bien des gens d'assez mauvais renom ont traduit en assez mauvais français le *Væ victis* de notre aïeul Brennus. Je me console en songeant que Brennus aujourd'hui s'appelle Constans ou Thévenet.

A. DE PONTMARTIN.

Les Angles, 16 février 1890.

ÉPISODES LITTÉRAIRES

I

SOUVENIR DE 1848 — *LE PUFF*

1848! vous croyez peut-être que je vais vous raconter la révolution de Février et ses suites, comme si je les avais découvertes? Non. Je veux me borner à un souvenir littéraire. M. de la Palisse vous dirait, comme moi, que, du jour de l'an au 24 février, il y a cinquante-cinq jours, et je puis ajouter que les bons Parisiens en passèrent cinquante-quatre à ne pas prévoir la révolution et la république.

En ce temps-là, M. Buloz était à la fois direc-

teur de la *Revue des Deux Mondes* et commissaire du roi près le Théâtre-Français.
Ce cumul ne lui déplaisait pas, mais l'em-
barrassait, et voici pourquoi : l'altière *Revue*
avait alors pour critique ordinaire et extraordinaire le terrible Gustave Planche, qui était
devenu l'oracle de la maison. On ne pouvait
l'accuser de sacrifier aux Grâces. Son cynisme
de malpropreté était proverbial sur toute la
rive gauche et sous les galeries de l'Odéon.
Sa passion pour madame Dorval, qui le con-
solait de ses rigueurs en lui payant des cachets
de bain, le rendait grossièrement injuste pour
mademoiselle Mars, qui se vengeait en femme
d'esprit. Un jour on vint lui dire que Planche
avait la gale : « Il se sera donc mordu ! »
s'écria-t-elle. Une autre fois, on discutait en
sa présence la question de savoir si Planche
était le fils du pharmacien de la Chaussée-
d'Antin ou de l'auteur du célèbre dictionnaire

grec. Elle répondit : « De tous les deux. Il
tient de l'un la formule et de l'autre la férule. »
Un de ses axiomes favoris était qu'un critique
ne doit pas avoir d'esprit, et il se prenait
rigoureusement au mot. Il n'accordait à mademoiselle Mars que Marivaux et lui refusait
Molière. Il était permis de se demander comment un ours aussi mal léché, qui n'allait
jamais dans le monde, où il aurait fait d'ailleurs une singulière figure, pouvait distinguer
les nuances entre Célimène et Araminte, entre
Elmire et Silvia.

Lue, à trente ou quarante ans de distance
dans les vieilles collections de la *Revue*, sa
phraséologie pédantesque offre un indigeste
mélange de critique à tour de bras, de rhétorique éventée et de prétentions métaphysi-
ques. Mais, grâce à son imperturbable aplomb,
il s'était imposé, dans les bureaux de la rue
Saint-Benoît, à un tel point que son autorité

était de la dictature et que ses arrêts avaient force de loi. J'avais employé le mot *superbe* dans le sens de *très beau* (un temps superbe); M. de Mars, le souffre-douleurs et le Tristan l'Hermite de M. Buloz, me prit à part, et me dit tout doucement : « M. Planche n'admet le mot *superbe* que dans le sens d'*orgueilleux*. »

Mais ici s'élevait une difficulté. Le directeur de la *Revue*, malgré son amabilité bien connue, n'était pas fâché que son critique attitré distribuât ses coups de trique à tort et à travers, qu'il appelât Victor Hugo un fou, Alexandre Dumas un bateleur, Casimir Delavigne un ramolli et Scribe un idiot, de même qu'il qualifiait Ingres de radoteur, Delaroche de crétin, Scheffer de gâcheur et Horace Vernet de gâteux. Mais le commissaire du roi près le Théâtre-Français ne pouvait, en conscience, froisser les auteurs en vogue et les comédiens en vedette. Si peu irritable,

comme chacun sait, que soit leur amour-
propre, encore fallait-il y mettre quelque
ménagement. Justement, on venait de jouer
la Fille du Régent, de Dumas ; on allait reprendre le *Don Juan d'Autriche*, de Casimir
Delavigne ; *Bertrand et Raton* et *Une Chaîne*,
d'Eugène Scribe, tenaient l'affiche, et on répétait *le Puff*, comédie en cinq actes, sur
laquelle le théâtre et les artistes, — Provost,
Régnier, Got, Maillart, madame Allan, —
fondaient les plus brillantes espérances. Quant
à Victor Hugo, depuis que le public, suivant
son expression, avait manqué de respect aux
Burgraves, il s'était retiré sous sa tente ; mais
on ne désespérait pas de l'en faire sortir.

Autre guitare : cette fois le directeur de la
Revue et le commissaire du roi étaient du
même avis. On savait que madame Allan,
réengagée au Théâtre-Français, y apportait *le
Caprice*, d'Alfred de Musset, qu'elle avait joué

à Saint-Pétersbourg avec un très vif succès.
Or M. Gustave Planche, brouillé avec Musset
pour les beaux yeux de madame Sand, traitait
par la prétérition le charmant poète de *Rolla*;
il se déclarait décidé à ne pas dire un mot de
son *Proverbe*, si on le représentait. Comment
faire? Comment se tirer de cette situation
complexe? C'est sur moi que M. Buloz jeta
les yeux, — je devrais dire son œil pour être
plus exact, — il me confia le soin de tran-
cher ou de débrouiller ce nœud gordien. J'étais
un nouveau venu; j'arrivais de ma province.
On pouvait me supposer assez désireux de
prendre pied à la *Revue*, pour me montrer
plus accommodant, surtout en l'honneur
d'Alfred de Musset que je connaissais depuis
le collège et que j'admirais sincèrement, et
d'Eugène Scribe, que je n'aurais pu taquiner
sans ingratitude; car ses jolies miniatures du
théâtre de Madame, — *le Mariage de raison,*

l'Héritière, les Premières amours, Malvina, la Demoiselle à marier, le Charlatanisme, — figuraient parmi les plus agréables souvenirs de ma prime jeunesse. J'acceptai donc avec empressement cette mission émolliente et lénitive, comme aurait dit M. Fleurant. La première représentation du *Puff* était imminente, et devait, d'après toutes les indiscrétions de coulisses, inaugurer brillamment la saison d'hiver 1847-1848, pour laquelle on nous promettait *l'Aventurière*, d'Émile Augier, *la Rue Quincampoix*, d'Ancelot, *Il faut qu'une porte soit ouverte ou fermée*, et *Il ne faut jurer de rien* d'Alfred de Musset.

J'étais enchanté. Pour se faire une idée de mon ravissement, il faudrait connaître mes états de services littéraires, tels que je les apportais à Paris, en 1847. J'avais trente-six ans, et treize ans d'active collaboration aux journaux légitimistes de Marseille, d'Avignon et de Nîmes. Mes articles incandescents m'avaient valu deux amendes de 1000 francs chacune, les compliments d'une vingtaine de douairières et de chevaliers de Saint-Louis, mon admission précoce à l'Académie de Vaucluse, où l'on parlait un peu le français et beaucoup le patois; admission disputée par le savant auteur d'un mémoire sur les origines d'une dent d'éléphant, trouvée par un pâtre dans les montagnes du Vivarais et remontant évidemment au passage d'Annibal. Bref, il me semblait que, sauf les attributs de joli garçon trop prodigués par Balzac à Lucien de Rubempré, je réunissais tous les titres désirables pour m'appeler, moi aussi, *un grand homme de province à Paris.* Comme j'étais d'un cercle où le roi Louis-Philippe était traité comme Henri Rochefort traitait récemment le triumvirat Constans-Rouvier-Thévenet, et où le *Journal des Débats* restait

sous sa bande intacte, tandis que mes collègues se ruaient sur la *Gazette de France* et la
Quotidienne, je mesurais d'après ce détail
le degré d'influence des journaux parisiens.

En même temps, par une inconséquence
d'autant plus vraie qu'elle peut paraître plus
invraisemblable, la *Revue des Deux Mondes*,
devenue, après avoir jeté sa gourme républicaine, l'organe des ministères de MM. Molé
et Guizot, n'avait cessé, depuis que je tenais
une plume, de hanter les rêveries de mes
journées et les songes de mes nuits. C'est que
là je rentrais dans mon naturel, beaucoup plus
littéraire que politique. Les exagérations fac-
tices de l'esprit de parti disparaissaient pour
laisser le champ libre à l'imagination. Je re-
devenais le claqueur enthousiaste d'*Hernani*,
l'habitué du cabinet de lecture de la rue
de Vaugirard, le promeneur de la grande allée
du Luxembourg, le lecteur passionné des

Contes d'Espagne et d'Italie et des premiers romans de madame Sand. Telle de ses phrases, relue après dix ou douze ans, me faisait encore battre le cœur : « *Quel amour de la destruction brûlait donc en toi?* » des *Lettres d'un voyageur*, et « *On dit que la poésie se meurt; la poésie ne peut pas mourir!* » d'*André*. Écrire dans la *Revue*, lire un jour mon nom à côté de ces glorieuses signatures, c'était pour mon humble écritoire ce que le bâton de maréchal de France est pour la giberne d'un conscrit; une ambition idéale, une chimère tellement au-dessus de mon mérite, que j'y pensais toujours tout en me reprochant d'y penser; et voilà qu'une occasion favorable allait faire de cette chimère une réalité !

Jugez de mon ravissement ! Il me semblait que j'avais grandi de dix coudées; croissance prodigieuse, qui, ajoutée à ma taille, dépas-

sait celle du géant de la foire de Saint-Cloud.
Quand je me regardais dans ma glace, j'hé-
sitais à me reconnaître, et quand je descen-
dais dans la rue, j'étais tenté de dire à tous
ceux que je rencontrais : « Vous êtes de bien
petits personnages... vous n'écrivez pas dans
la *Revue des Deux Mondes!* »

La veille de la *première*, un petit dîner
d'intimes et de critiques influents, auquel
je fus invité, réunit, dans la salle à manger
de M. Buloz, Jules Janin (*Journal des Débats*),
Théophile Gautier (*la Presse*), Hippolyte
Rolle (*Constitutionnel*), Alfred de Musset,
Charles Magnin, qui, en sa qualité d'*ancien*,
admirait sincèrement M. Scribe sans vouloir
avouer que c'était le vieux jeu, et Régnier,
homme d'esprit, comédien charmant, fin lettré, chargé, dans *le Puff*, d'un des princi-
paux rôles, et persuadé, comme nous tous,
que la pièce aurait un très grand succès. Il

y avait pourtant une exception : Théophile Gautier, mon voisin de table, qui appelait ce dîner un dîner d'*entraînement*. Romantique impénitent, fidèle à Victor Hugo, il était et demeura toujours réfractaire au génie et à la gloire de M. Scribe. — « Heureusement, me dit-il tout bas, la *bourgeoise* (c'est ainsi qu'il désignait madame Émile de Girardin) ne peut souffrir ni M. Scribe ni M. Buloz. J'aurai donc carte blanche, si la pièce est mauvaise, et soyez sûr qu'elle ne sera pas bonne. »

Ce dîner, comme on peut aisément le croire, m'offrait un attrait tout particulier, à moi, nouveau venu, encore imprégné de naïveté provinciale, heureux de voir de près des hommes célèbres, et fort enclin, pendant cette lune de miel littéraire, à idéaliser dans leurs personnes ceux que j'avais admirés dans leurs ouvrages. La conversation de Jules

Janin, alors dans toute sa verve, était un feu
d'artifice, et tant pis si rien n'en restait après
l'éblouissement! Théophile Gautier nous fit
une description féerique de l'appartement
que Balzac meublait pour être digne de recevoir sa noble fiancée, la comtesse Hanska.
Quant à Alfred de Musset, plus taciturne, il
observait la plus édifiante sobriété, quand il
dînait en ville, sauf à se rattraper ailleurs.
Il nous annonça son intention bien arrêtée
d'écrire pour mademoiselle Rachel une tragédie en cinq actes et en vers : les autres
convives eurent l'air de le croire et d'applaudir à cet héroïque projet. Mais, à la façon
dont ils se regardaient en dessous, on devinait un doute que l'événement n'a que trop
justifié.

Le lendemain soir, avant huit heures,
nous étions à notre poste. La salle remise à
neuf, avec un plafond enrichi de peintures

assez médiocres, était fort brillante. Aux avant-scènes et dans les premières loges, étincelaient les beautés à la mode, que mes voisins nommaient en se les montrant du bout de leur lorgnette. Tous ces détails préliminaires achevaient de m'exalter. Je me figurais que je faisais, moi aussi, partie de ce *Tout Paris*, constellé de célébrités et d'élégances, dont le bulletin, lu dans ma lointaine solitude, m'avait si souvent fait tressaillir d'une émotion indéfinissable. Je mourais d'envie que *le Puff* fût un chef-d'œuvre, et, à force de le désirer, je m'en croyais sûr. N'étais-je pas dans un de ces moments où rien ne semble impossible, où on dirait : « Le roi n'est pas mon cousin, » si le métier de roi n'était désormais trop pénible pour que la parenté fût bien désirable?

Le rideau se leva... Hélas!... avant la fin du premier acte, je compris qu'il fallait en

rabattre ; j'éprouvai d'instinct ce vague malaise, bien connu des habitués des premières
représentations, au moment où commencent
à circuler des courants contraires entre
l'œuvre nouvelle et le public. Avec Scribe,
on ne devait songer ni au style, ni au relief
des caractères, ni à l'originalité du dialogue,
ni à la profondeur des pensées, ni à l'éléva-
tion des sentiments ; mais, cette fois, je ne
retrouvais pas ses qualités dominantes, qui
lui avaient valu tant de succès ; l'incroyable
dextérité avec laquelle il nouait et dénouait,
embrouillait et débrouillait une intrigue ;
l'art de se créer des difficultés pour en triompher, d'éveiller la curiosité, de tenir le spectateur en haleine, de lui faire dire jusqu'au
dénouement : « Comment s'en tirera-t-il ? »
Non, c'était commun, plat et faux ; le *vis
comica* ne brillait que par son absence ; à
chaque instant, l'action déraillait ; les sou-

4

rires étaient des grimaces; les *mots* ou soi-
disant tels ne dépassaient pas la rampe. Peu
à peu, l'ennui descendait du lustre et enve-
loppait la salle : mes voisins de stalle mur-
muraient : « Quel *four!* A quoi bon refaire
et gâter le *Charlatanisme?* Une jolie minia-
ture vaut mieux qu'un mauvais tableau. »
Quand le rideau fut tombé sur le cinquième
acte, *le Puff* en avait fait autant. Provost
vint nommer l'auteur; les claqueurs furent
seuls à applaudir. L'orchestre et le parterre
gardèrent un silence poli. Une vigoureuse
bordée de sifflets eût été préférable. A la
sortie, Théophile Gautier me dit : « Je vous
plains. »

Il n'eut pas longtemps à me plaindre. Cette
lamentable *première* avait lieu le 16 février
1848. L'année était bissextile. J'avais quinze
jour devant moi; je résolus d'employer la
première semaine à étudier les arcanes de

la critique diplomatique, suivant l'expression de Sainte-Beuve, à endurcir ma conscience dans l'art de dire beaucoup de bien
d'une pièce dont je pensais beaucoup de mal.
Il me suffisait de me mettre au travail le 22.

Le 22, j'avais étalé sur ma table un beau
cahier de papier blanc; j'avais rempli mon
écritoire et je taillais ma plume, quand ma
porte s'ouvrit bruyamment. Mon camarade
et ami, Maurice de Trélan, se précipita dans
ma chambre avec l'impétuosité d'une trombe
et me dit : « Laisse donc là tes paperasses !
Aujourd'hui, tout l'intérêt, tout le drame,
toute la comédie, sont dans la rue... je dirai
volontiers toute la poésie, puisque Lamartine
est à la tête du mouvement réformiste... Je
crois bien que ce ne sera qu'un feu de paille.
que cet épisode n'aura pas de suite grave ;
d'ailleurs, j'aime à penser que Louis-Philippe se défendra mieux que Charles X.

Pourtant, que sait-on? Le roi est d'une sécurité et d'une obstination qui m'effraient.
M. Guizot se figure que, lorsque l'on a pour
soi la majorité des Chambres, on est invul-
nérable. Je sais pertinemment que le préfet
de la Seine et le préfet de police ne partagent
pas leur confiance... Dans tous les cas, c'est
curieux... viens! »

C'était très curieux, en effet; quelque
chose comme l'ébullition d'une chaudière,
avant qu'elle éclate ou que l'eau bouillante
se refroidisse. Cependant, il me sembla qu'il
y avait encore bien des chances pour que la
crise se terminât à l'amiable. Seulement, je
me dis : « Attendons jusqu'à demain pour
commencer mon article, j'en serai quitte
pour travailler une heure de plus par jour, et
j'arriverai à temps... Aujourd'hui, l'anxiété
générale paralyserait mes moyens, et j'ai
besoin de toute ma liberté d'esprit pour

prouver que *le Puff* a réussi et mérité de réussir ! »

Le lendemain 23, l'orage grossissait ; impossible de rassembler mes idées au milieu de ces rassemblements. Le 24, vous savez ce qui se passa. Le 25, les sociétaires du Théâtre-Français, Rachel en tête, congédièrent brusquement M. Buloz. Désormais, j'étais libre de critiquer ou de me taire. J'aurais dû m'en réjouir, et pourtant, en m'examinant avec la sévérité d'un juge et la sagacité d'un casuiste, il me sembla que je regrettais de n'avoir pas à mentir.

LE LENDEMAIN DU COUP D'ÉTAT
DANS UN SALON LITTÉRAIRE — *ÉMILE AUGIER*

Le crime de Décembre! tout le monde, à Paris, le pressentait, excepté ceux qui étaient le plus en mesure de le prévoir, et qui en furent les premières victimes. Il circulait dans l'air avant d'être accompli. Était-il désiré? Oui, par le plus grand nombre, mais à une condition, c'est qu'il réussirait.

Cinq jours auparavant, le Théâtre-Français avait donné la première représentation de la jolie comédie de Jules Sandeau, *Mademoiselle de la Seiglière*. Détail bizarre! j'assistai à la répétition générale, qui fut froide

et ne promettait qu'un succès d'estime, quoique l'auteur ne comptât que des amis dans
la salle. Samson s'était borné à indiquer sans
relief les effets de son rôle ; il se réservait pour
être merveilleux le lendemain. En revanche,
ce lendemain fut un éclatant triomphe. Quel
splendide ensemble ! Exquise, Madeleine
Brohan, dans toute la fraîcheur de sa beauté
printanière ! Régnier étincelant de verve et
d'esprit dans Destournelles ! Deux artistes de
premier ordre, Delaunay et madame Nathalie,
dans deux rôles secondaires, et, par-dessus
tout, Samson, encore plus parfait que dans
Bertrand et Raton.

Je courus au foyer pour féliciter Sandeau,
qu'entouraient ses amis, les habitués de son
modeste salon, de son hospitalité charmante ;
les peintres Gérôme, Gleyre, Hamon, Paul
Huet ; le marquis de Belloy, Ponsard ; les
musiciens, Louis Lacombe, Edmond Mem-

brée, etc., etc... Sandeau me serra la main,
et me dit avec son sourire mélancolique :
« Oui, le succès dépasse de beaucoup mes
espérances ; mais j'ai toujours été engui-
gnonné en matière d'argent et de littérature :
soyez sûr que, avant peu, il y aura une
catastrophe funeste aux théâtres et à ma
comédie ! »

La catastrophe ne se fit pas attendre ; les
théâtres furent fermés pendant quelques
jours. Le 6, je fis, dans la journée, un pèlerinage légitimiste qui n'était pas de nature
à dissiper ma mauvaise humeur. J'allai à
Vincennes visiter deux prisonniers, Alfred
Nettement et Léo de Laborde, logés aux
frais du gouvernement par M. de Morny,
avec une quinzaine de collègues, sous les lam-
bris dorés des appartements du duc de Montpensier. Le château de Vincennes ! quels
souvenirs ! quels noms ! Quelles dates ins-

crites sur ces sombres murailles! le grand
Condé, le duc d'Enghien, Rovigo, Napoléon
Bonaparte, le 24 février, le 2 décembre, Na-
poléon III !

J'avais pour compagnon, dans cette visite,
Théodore Muret, mon collaborateur à l'*Opinion publique*, où il rédigeait tant mal que
bien le feuilleton dramatique. Un type, ce
Théodore Muret! Figurez-vous un profil en
lame de couteau, un front tellement fuyant
qu'on ne savait où le rejoindre, un menton
en retrait, englouti dans une grosse cravate
à carreaux, un nez pointu, ou plutôt aigu,
qui semblait toujours occupé à flairer une
idée absente, et qui ne trouvait qu'une prise
de tabac; un œil atone, myope à ce point
que, lorsqu'il écrivait, on eût dit que ce terrible nez allait crever son papier. Sa mise
complétait sa physionomie; un faux col dé-
mesuré qui remontait au-dessus des oreilles;

une redingote verte qui descendait jusqu'aux
talons; un pantalon trop court, qui laissait à
découvert des bas de laine et des souliers
lacés. Au moral, bilieux, fielleux, nerveux,
grincheux, quinteux, hargneux, mécontent
de tout le monde, excepté de lui-même; des
opinions dont la violence légitimiste contras-
tait avec sa qualité de protestant; accusant
Berryer de tiédeur, et déclarant que notre
grand orateur était la vraie cause du coup
d'État. Outre son feuilleton dramatique, il
avait la spécialité des revues de fin d'année,
c'est-à-dire du plus bête de tous les genres
de vaudeville où se compromet l'esprit parisien. Il ne le rendait pas plus spirituel, au
contraire. Quand la pièce était jouée, il la
prônait dans son feuilleton, comme un chef-
d'œuvre de l'esprit humain. Je me souviens,
par exemple, qu'une de ces revues était intitulée : *la Fin du monde*. L'auteur, après lui

avoir consacré un panégyrique en douze co-
lonnes, ajoutait en guise de mot de la fin :
« Elle sera jouée... jouée... *jusqu'à son
titre !* »

Mais voici le trait original et caractéristique : Théodore Muret employait, chaque
année, cinquante-deux feuilletons à lancer
l'anathème aux immoralités du théâtre contemporain ; et, dans ses revues, lorsque arrivait l'inévitable et fastidieux défilé des pièces
en vogue, il trouvait moyen d'être plus indé-
cent et plus décolleté que les scènes qu'il
parodiait.

Chemin faisant, il me dit — ce qui n'était,
hélas ! que trop vrai : « Savez-vous que ce
scélérat (Louis Bonaparte) rend, à son insu,
un fameux service à notre malheureuse *Opinion publique*, qui est restée, par malheur,
une opinion particulière? (Ici un rire en dedans, comme pour souligner son bon mot.)

Mieux vaut, pour un journal, périr de mort violente que mourir d'inanition. Le 1er janvier, nous aurions été forcés de dire aux actionnaires, pour leurs étrennes : Enfin, nous avons fait faillite ! (Second rire muet.) Tandis que nous aurons l'honneur de compter parmi les martyrs de Décembre ! »

L'intérieur du château de Vincennes nous offrit un curieux spectacle. C'était comme l'envers de la tour de Babel, en ce sens que la confusion des langues politiques avait fait place à un parfait accord qui n'avait pas besoin de dialectes variés pour maudire le tyran et le traître, qu'un des captifs surnommait le *Néron de Gérolstein*. Pourtant, un petit incident vint me prouver qu'il ne fallait pas trop se fier à cette touchante unanimité. M. Bixio, un des martyrs, le plus âpre peut-être dans sa haine contre le futur empereur, était allé fumer un cigare sur les rem-

parts. Mon excellent ami Léo de Laborde me
prit à part, et me dit à demi voix : « A quelque chose malheur est bon. Nous sommes
ici une douzaine de députés, venus de tous
les points de l'horizon politique ; extrême
droite, droite modérée, fusionistes, centre
droit, centre gauche, républicains de la plaine
et de la montagne... Eh bien, tous désormais sont du même avis; tous pensent
comme moi que la monarchie légitime peut
seule nous réconcilier et nous sauver. Il n'y
a pas jusqu'à Bixio, le fougueux révolutionnaire, qui ne soit aujourd'hui aussi royaliste
que vous et moi. » A l'instant même, M. Bixio
rentrait de sa promenade. Après une bordée
d'injures à l'adresse du Néron de Gérolstein,
il dit à Léo de Laborde : « Mon cher collègue,
je vous honore, et je ne voudrais pas vous
déplaire ; mais c'est plus fort que moi, j'aime
encore mieux ce qui passe et ce qui va se

passer qu'Henri V et la royauté d'ancien régime ! »

La Jeune Captive, d'André Chénier, s'écrie dans un vers d'ailleurs fort médiocre :

L'illusion *féconde* habite *dans mon sein.*

L'illusion a constamment habité dans le sein du parti royaliste. Seulement, elle n'a pas été féconde.

A présent, changement de décor. J'étais, le soir, chez Jules Sandeau. J'y retrouvai tous les amis qui l'entouraient, cinq jours auparavant, au foyer du Théâtre-Français, pour le féliciter du beau succès de sa comédie. Mais, si c'étaient les mêmes figures, les physionomies n'étaient plus les mêmes. Le baromètre avait passé de beau fixe à tempête. Ces peintres, ces musiciens, ces poètes, qui n'étaient pas, comme les députés, atteints dans leur ambition, dans leur liberté, dans leur amour-

propre, dans leur cuisine parlementaire, qui
n'avaient gagné à l'avènement de la république que le harnais de soldat-citoyen, des
nuits de corps de garde, des coups de fusil
sur les barricades de Juin, et, par suite de
la détresse publique, la certitude de ne pas
vendre leurs tableaux, de ne pas faire jouer
leurs opéras ou leurs pièces, de voir les directeurs de théâtres prodiguer les billets
de faveur afin que leurs salles ne fussent pas
semblables aux déserts de l'Arabie Pétrée, —
étaient tout aussi furieux que les prisonniers de Vincennes.

Ici j'ouvre une parenthèse. En ce temps-
là, nous étions tous si pauvres, que ceux
d'entre nous qui avaient leurs entrées à un
théâtre quelconque les cultivaient avec soin.
J'étais devenu un des fidèles habitués du
Théâtre-Italien. Ce qu'il avait de charmant,
c'est qu'on y aspirait un parfum de bonne

compagnie, qui n'excluait pas la bonhomie,
et même, dans les entr'actes, des causeries
familières entre les abonnés et les ouvreuses.
Celle qui se tenait à la porte de l'orchestre
et se chargeait de cueillir mon paletot, s'appelait madame Robert. Un soir, — on donnait *Don Pasquale*, avec Lablache, Ronconi,
Mario et madame Persiani, — je la trouvai
consternée : — « Oh! monsieur, me dit-elle,
quel scandale! » — Je crus d'abord qu'une
des dames des chœurs avait émis, dans sa
vie privée, une fausse note. Non, le scandale
était plus drôle et plus innocent. Un député
de Tarn-et-Garonne, revenu à Paris, le matin
même, après une courte absence, avait trouvé
chez son portier un coupon de loge du
Théâtre-Italien, envoyé par le ministère de
l'intérieur. Le brave homme n'avait jamais
mis les pieds aux Italiens. Il ne se figurait
pas qu'il y eût une différence entre ce théâtre

aristocratique et les Funambules. N'ayant pas le temps de faire profiter de cette aubaine un de ses amis ou de ses collègues, il avait tout simplement amené sa *bonne*, — probablement sa servante maîtresse, et cette bonne, qui n'était pas même un cordon bleu, venait de s'asseoir dans une première loge, à la place où trônaient, peu de temps auparavant, la duchesse de Langeais, la marquise d'Espard et la vicomtesse de Beauséant.

O triomphe de la démocratie, voilà de tes coups !

Je ferme la parenthèse et je rentre dans le salon de Jules Sandeau. Tous ou presque tous les membres de ce groupe avaient une valeur et un nom. Je veux profiter de l'occasion pour vous faire les honneurs de ceux que j'ai le mieux connus.

Le maître de la maison d'abord : Jules Sandeau avait, en ce moment, quarante et un ans. Sa figure, que vieillissait une calvitie complète, était aimable et douce, ou, comme on dirait aujourd'hui, sympathique. Son charmant sourire, son accueil plein de prévenance, la simplicité et le naturel de ses allures, donnaient envie de devenir son ami. Dans sa personne comme dans ses ouvrages, il avait le don de la sensibilité, de la délicatesse et de la grâce, avec un je ne sais quoi de mélancolique et d'attendri, qui allait au cœur. Sauf *la Maison de Penarvan*, qui parut sous l'empire, et *Jean de Thommeray,* — un petit chef-d'œuvre, — il avait à cette époque publié tous ses romans, depuis *Marianna* jusqu'à *Sacs et parchemins*. Lorsque madame Émile de Girardin imagina, dans le feuilleton de la *Presse*, sous le titre de *la Croix de Berny*, une sorte de steeple-chase, partie carrée où elle avait pour partners Sandeau, Gautier et Méry, malgré son spiri-

tuel clinquant, malgré l'éblouissante palette
de Théophile Gautier et la fantaisie étincelante de Méry, Jules Sandeau était arrivé *bon
premier*. Beaucoup plus tard, quand il fut
de l'Académie française, un absurde et grotesque personnage dont on a voulu faire,
après sa mort, un grand homme, trouva plai-
sant de nous dire que, dans l'association ori-
ginelle de madame Sand et de Sandeau, c'est
lui qui avait été la femme par l'infériorité et
la faiblesse, le lierre soutenu par l'ormeau.
Rien de moins vrai. Les qualités étaient différentes, les deux talents incompatibles. Je
crois bien que l'auteur d'*Indiana*, après la
séparation, n'aurait pas été fâchée que Jules
Sandeau, brutalement congédié, fît preuve
d'impuissance. Elle n'eut point cette odieuse
satisfaction. Son génie, en somme, fut si
peu viril, qu'elle reçut tour à tour l'em-
preinte d'Alfred de Musset, de Lamennais,

de Pierre Leroux et qu'elle apporta dans ses fictions, dans ses sophismes, dans ses folies, dans ses audaces, le trait caractéristique des femmes, qui réussissent à mentir en affectant de se croire sincères. D'ailleurs, dans cet énorme répertoire, que d'alliage ! Que de pages vides, inintelligibles ! Que d'inventions sonnant faux ! Pour un diamant, que de strass ! Dans la plupart de ces récits, démolisseurs des hiérarchies sociales, hostiles à la morale, à la religion, au mariage, au devoir, prôneurs de tous les genres de révoltes, le danger s'absorbe dans l'ennui. Illisibles, *Spiridion*, *Consuelo*, *les Compagnons du tour de France*, *le Meunier d'Angibault*, *le Péché de M. Antoine*, *Isidora*, *Teverino*, *Mademoiselle La Quintinie*, *Simon*, *l'Uscoque*, et tous les romans de l'arrière-saison, sauf *le Marquis de Villemer*, qui gagnerait à être abrégé d'un bon tiers. Car les meilleures

5.

pages de madame Sand sont rongées par un *oïdium* qui a fait, de nos jours, bien des victimes : LA THÈSE.

Tout autre est le talent de Jules Sandeau. S'il a moins produit, c'est un mérite de plus. S'il n'a pas dit, chaque matin, comme madame Sand : *Nulla dies sine linea!* son bagage reste suffisant pour le protéger contre l'oubli. Jeté un moment par le hasard dans le camp de la rébellion, qui n'était pas le sien, il avait vu de près et cruellement ressenti les effets de la passion libérée de toute loi et de tout frein. De cette douloureuse expérience il avait fait son inspiration, qui fut aussi sa vocation. Était-ce donc là efféminer George Sand? Ce serait un singulier compliment à adresser à la superbe Lélia.

La pauvreté de Jules Sandeau, au moment du coup d'État, faisait peu d'honneur à une société qui jetait des liasses de billets de banque aux extravagances des *Mystères de Paris* et aux infamies du *Juif-Errant*, et qui laissait dans la gêne, presque dans l'ombre, l'auteur de *Marianna*, de *Madeleine* et de *Catherine*. Pendant le trop court ministère de M. de Falloux, j'avais eu l'idée de le recommander pour une bibliothèque à l'illustre ministre de l'instruction publique, à qui me rattachaient des liens d'amitié et de famille. M. de Falloux s'empressa de nous accorder une audience; ces deux natures fines et délicates, dans un milieu bien différent, s'entendirent à merveille. En adressant à Jules Sandeau de chaleureux compliments au sujet du *Docteur Herbeau* et de *Catherine*, les félicitations du ministre étaient tombées si juste, qu'elles prouvaient qu'il l'avait lu et ne l'avait pas oublié. J'avais donc lieu d'espérer que notre demande serait agréée; mais le guignon dont m'avait parlé Sandeau, le soir de la représentation de *Mademoiselle de la Seiglière*, commençait à sévir; M. de Falloux tomba malade quelques jours après; je partis pour le Midi, et, quand je revins, il avait donné sa démission.

A côté de la maîtresse du logis, gracieuse et souriante, cette figure un peu lourde qu'alourdit encore une certaine gaucherie de manières et de langage, c'est Ponsard devenu l'ami de la maison, où il nous avait lu, deux ans auparavant, les plus beaux fragments de sa *Charlotte Corday*. Il poursuit un second succès qui tarde à se produire, sans doute pour lui faire expier l'exagération du premier. On l'a proclamé le chef de l'école du bon sens.

La meilleure preuve qu'il ait donnée de ses droits à ce titre, c'est de se récuser en face de Victor Hugo et de comprendre que, malgré les énormes défauts du grand poète romantique, il n'était pas de taille à se mesurer avec lui. Pour le moment, il est républicain, fidèle à son culte pour M. de Lamartine qui le patronne et lui sait gré de s'être inspiré de l'*Histoire des Girondins* dans sa *Charlotte Corday*. Il est de ceux qui mêlent un peu d'ingénuité à toutes leurs opinions politiques et littéraires et croient naïvement *que c'est arrivé.* Comme Casimir Delavigne en 1829 et 1830, il avait cru pouvoir concilier la tradition classique avec une dose d'innovations et de hardiesses. Pendant les entr'actes de *Charlotte Corday,* Jules Janin, qui pourtant l'aimait beaucoup, disait en souriant : « C'est l'*Histoire des Girondins* racontée par Théramène. » Deux ans plus tard, dans les couloirs de l'Odéon où la comédie de *l'Honneur et l'Argent* fut un triomphe, Méry murmura à mon oreille : « C'est du Molière commenté par M. de la Palisse. »

Maintenant, chapeau bas devant ce visage chevaleresque, où la fierté de race est tempérée par une expression de douceur et de bonté. C'est le Bayard de la littérature et de la poésie, le marquis de Belloy, petit-neveu de l'archevêque de Paris. Il a et il montrera plus de talent qu'il n'en faudrait pour suffire à trois académiciens. Son recueil des *Légendes fleuries* est d'une grâce exquise. Il y a dans son volume des *Toqués,* plus de verve, de gaieté, d'originalité et d'esprit que dans tout le répertoire d'Henry Murger. Sa comédie de *Damon et Pythias,* jouée en 1847, est comparable aux meilleurs Proverbes d'Alfred de Musset. Il allait être, au début de l'empire, peu après le mariage impérial, le héros et la victime d'un épisode dont on se souvient encore à la Comédie-Française. Il y fit jouer, sous le titre de *Mal'aria,* un acte passionnément tragique, emprunté, comme le drame de *Pia dei Tolomei*, à une des pages les plus sombres du poëme de Dante ; c'est l'histoire du mari jaloux d'une femme trop belle, lequel, obsédé de soupçons, la tient emprisonnée dans les Maremmes où elle aspire un air meurtrier, pâlit, s'étiole et meurt. Le drame de de Belloy avait eu beaucoup de succès. J'assistai à la troisième représentation. A ma grande surprise, je vis s'ouvrir la loge impériale. L'empereur entra avec l'impératrice. Elle était si rayonnante d'élégance et de beauté, qu'une sorte de frémissement courut à travers le parterre. L'auguste couple, venu pour voir *la Joie fait peur*, qui terminait le spectacle, était arrivé trop tôt.

Que se passa-t-il dans l'imagination de Napoléon III ? Cette imagination, tiroir à secrets, moins française qu'italienne, habituée au rêve, eut-elle un cauchemar ? Fut-elle frappée d'un rapprochement involontaire, justifié par la merveilleuse beauté de la jeune impératrice? Ou faut-il croire tout simplement que la *Mal'aria* lui déplut à cause de la pâleur livide de Madeleine Brohan et de l'aspect sinistre de quelques scènes? Le lendemain, la pièce était défendue.

De Belloy était vraiment poète. Il se jouait de toutes les difficultés du rythme et de la rime, comme un des poètes de la *Pléiade*, au plus beau temps de la Renaissance. La souplesse, la facilité de sa versification. n'ôtaient rien à sa valeur poétique. Il me faisait songer à une Anthologie ou mieux encore à un essaim d'abeilles qui se serait posé sur son berceau. Son caractère était à la hauteur de son talent; ses opinions légitimistes, parfaitement désintéressées, figuraient pour lui une relique de famille, un héritage d'honneur. En politique, comme certain héros du Tasse, il *désirait beaucoup, espérait peu et ne demandait rien.* De Belloy n'avait qu'un défaut, il était bon, trop bon, trop confiant, dans cette république des lettres où les illusions peuvent parfois coûter aussi cher que dans l'autre. Balzac, le grand Balzac, que l'on nous représente aujourd'hui comme un génie bienfaisant, avait exploité cette bonté, cette confiance, il l'avait initié aux mystères du papier timbré, et associé à quelques-unes de ces affaires fantaisistes qui devaient rapporter des millions et ne rapportaient que des créanciers. A un autre point de vue, l'intensité de sa vocation littéraire l'aventurait de temps en temps en pays de bohême. Je souffrais en le rencontrant, sur le boulevard, bras dessus, bras dessous, avec un *raté* bavard et débraillé du divan Le Peletier. Mais la fontaine Aréthuse, traversant l'onde trouble et amère, n'était ni plus douce ni plus pure.

Du côté des peintres, je ne signalerai que
deux noms, Paul Huet et Gleyre. Paul Huet
m'appelait son ami. Impossible d'imaginer un
homme plus honnête et un esprit plus faux.
Excellent mari, excellent père, il avait toutes
sortes de raisons pour être orléaniste. Le duc
d'Orléans lui avait confié le soin d'enseigner
le paysage à la duchesse; il me parlait avec
émotion de ce délicieux ménage. C'était à ses
yeux l'idéal; un contrat princier, rédigé par
la politique et signé par l'amour. Avec tout
cela Paul Huet était un républicain forcené,
légèrement teinté de socialisme, prenant fort
au sérieux les Proudhon, les Pierre Leroux,
les Cabet, les Considérant, beaucoup plus sûr
du phalanstère que de l'Évangile, et, malgré
son romantisme, parlant des prêtres, des jésuites, de l'Église, comme un disciple de
Dulaure, un abonné du vieux *Constitutionnel*
et un admirateur d'Eugène Sue. Ses opinions

ne lui portaient pas bonheur. Précurseur et presque égal de l'incomparable groupe de paysagistes qui nous donna Jules Dupré, Théodore Rousseau, Daubigny, Corot, Troyon, il restait dans la pénombre, et, si l'honneur de ne pas se vendre lui semblait prouver l'indépendance de ses idées, il avait lieu d'être satisfait. Je dois ajouter que c'était un peu sa faute. Non content de pratiquer et de professer des doctrines subversives, il en affectait les dehors. Intimement lié avec Léopold Double, le riche et célèbre collectionneur, qui désirait huit tableaux pour la salle à manger de son beau château de Saint-Prix, je le conduisis chez Paul Huet, que j'avais eu soin de prévenir, espérant qu'il ferait un peu de toilette. Il vint lui-même nous ouvrir la porte de son atelier. Je crois le voir encore; sa laideur naturelle était rehaussée par un teint échauffé et un nez écarlate; sa barbe et

ses cheveux, réfractaires au peigne et à la
brosse, donnaient l'idée de ces maquis où se
cachent les Corses après une vendetta. Sa
tête était coiffée d'un béret de laine rouge,
et ses épaules revêtues d'une vareuse sang
de bœuf. En sortant, Léopold Double me dit :
« Mais, mon cher, ton ami n'est pas un peintre, c'est un brigand calabrais ; s'il venait à
Saint-Prix, je craindrais qu'il n'emportât,
par habitude de métier, mon argenterie, au
lieu de décorer ma salle à manger. Si les
partageux m'honoraient d'une visite, il serait
homme à leur montrer comment ça se joue. »

Nous allâmes de là chez Aligny, dont les
arbres semblent en zinc. Il nous reçut, le
sourire sur les lèvres, dans la tenue correcte
d'un invité chez le ministre des beaux-arts.
Ce fut Aligny qui eut la commande.

Je dus à Paul Huet le plaisir de dîner avec
son ami et son oracle, M. Carnot, père du

président de notre république. Il se vantait d'élever ses fils de manière à leur laisser le choix d'une religion quand ils atteindraient l'âge du discernement. En pareil cas, l'âge du discernement discerne presque toujours qu'il est plus commode et plus simple de n'en avoir aucune ; plus simple et plus commode surtout, lorsqu'on préside une république athée et qu'on marche dans les souliers *crottés* de M. Constans.

Le pessimisme républicain de Gleyre avait du moins une excuse. Doué d'un talent élégiaque et mélancolique, il s'était placé, dès son début, au premier rang, par son tableau longtemps exposé dans la galerie du Luxembourg : *la Barque des illusions.* Un jeune homme, un poète, est assis sur le rivage de la mer. Entre la plage et l'horizon, une barque s'enfuit et va disparaître dans les brumes du lointain. Sur cette barque pavoisée, un groupe de jeunes femmes, le regard tourné vers le poète. Elles sont couronnées de fleurs; l'une d'elles tient à la main une lyre. Elles ont un sourire sur les lèvres et des larmes dans les yeux, comme pour indiquer que leur adieu est entremêlé d'ironie et de tristesse. Il n'a pas su les retenir, ou c'est qu'elles exigeaient trop pour rester. Que de fois je me suis arrêté devant cette toile sans pouvoir m'en détacher! J'étais jeune alors, et déjà je croyais avoir perdu toutes mes illusions. J'aurais frissonné de terreur si j'avais su combien j'en avais encore à perdre!

L'auteur de ce chef-d'œuvre avait eu le droit de se révolter contre un affront qu'il ne méritait pas. Le duc de Luynes, le plus illustre et le plus généreux des Mécènes, lui avait confié une partie des peintures du château de Dampierre. Plus tard il eut l'idée fâcheuse d'y appeler M. Ingres. Avant de

garnir sa palette, le vieux grand artiste exigea
que les peintures de Gleyre fussent effacées ;
exigence qui ne tourna au profit de personne.
Le noble duc y perdit à la fois l'œuvre de
Gleyre qui disparut, et celle d'Ingres qui ne
fut pas même ébauchée.

Au milieu de ces personnages déjà célèbres ou en passe de le devenir, nos regards
se portaient avec attendrissement sur une
jeune fille amenée par une parente de madame Sandeau. Elle s'appelait Marie ; elle
était belle, et elle avait peine à retenir ses
larmes. Son histoire était simple et touchante. Elle habitait Vannes avec sa mère ;
un jeune homme de la ville, Jean Sorel, l'avait
recherchée en mariage ; ils étaient pauvres
et ils s'aimaient. Leur pauvreté n'aurait pas
été un obstacle, parce que Jean, par le crédit
des députés du Morbihan, avait obtenu la
place de secrétaire particulier du préfet de

Vannes. Son traitement devait suffire à les faire vivre, dans un pays où on vivait pour rien et où leur amour serait leur luxe. Ils étaient fiancés depuis deux mois lorsque éclata le coup d'État, qui fut pour eux le coup de foudre. D'accord avec la mère de la pauvre Marie, les parents de Jean décidèrent que, suivant toute apparence, il allait perdre sa place, qu'une misère noire entrerait avec eux dans la chambre nuptiale, et qu'il était urgent de tout ajourner. Marie s'était résignée, mais elle avait pleuré. Une de ses tantes avait eu pitié de son chagrin. Sachant que Sandeau avait des amis dans tous les partis, elle amenait à Paris la belle éplorée, et elle espérait que l'excellent homme, à l'aide de quelque rallié ou complice du coup d'État, obtiendrait le maintien de Jean Sorel à son poste, ou demanderait pour lui un équivalent.

A présent, jugez de la stupeur et de la

consternation de ces pauvres femmes au milieu de cette tempête, à mesure que les têtes
se montaient, que les nerfs s'exacerbaient,
que les invectives et les anathèmes dépassaient toute mesure, que le prince président
était mis au niveau des grands scélérats de
l'histoire, contre lesquels tout est permis,
même l'assassinat ! M. Victor Hugo n'avait
pas encore écrit son vers meurtrier :

On peut tuer cet homme avec tranquillité !

Mais ce vers bouillonnait d'avance dans
ces imaginations. Pourquoi pas ? Notre cher
et illustre Montalembert ne m'a-t-il pas souvent raconté qu'il était en rhétorique à
Sainte-Barbe, vers la fin du ministère Villèle,
que ses camarades avaient formé un tribunal
secret pour mettre en accusation et juger le
grand ministre, et qu'ils avaient voté la mort
à l'unanimité ?

6

Sandeau lui-même si débonnaire et si modéré, se laissait entraîner dans le tourbillon. Le sort de *Mademoiselle de la Seiglière* contribuait d'ailleurs à lui échauffer la bile. En me voyant, il s'était écrié : « Eh bien ! que vous disais-je, l'autre soir ? Encore et toujours la fée Guignon !... Ma pièce est perdue... elle fourmille d'allusions à la gloire et aux prodiges de Napoléon... Ce qui l'accréditait ne peut plus que la compromettre... Pour la première fois de ma vie, je gagnais ou j'allais gagner de l'argent... Adieu mes pauvres droits d'auteur !... Qui sait même si messieurs les sociétaires se risqueront à reprendre ma comédie ? morte et enterrée à sa quatrième représentation, comme la *Migraine* de M. Viennet !... Oh ! le vilain homme ! le vilain homme ! »

La scène devint si violente, que la maîtresse de la maison, qui avait beaucoup de

tact, comprit la nécessité d'une diversion.
Sa cousine lui avait dit que Marie avait une
jolie voix et chantait agréablement. Il y avait
là deux musiciens très distingués, Louis Lacombe et Edmond Membrée. Sur un signe
de madame Sandeau, Membrée se mit au
piano, et Marie, quoique bien timide, ne se
fit pas prier pour chanter d'abord la *Fée mi-
gnonne*, de son accompagnateur, puis l'*Adieu*
de Schubert, puis deux ou trois romances
françaises, et enfin quelques chansons bre-
tonnes. Sa voix, qui n'aurait pas suffi à remplir une salle d'opéra, avait un charme particulier et, pour ainsi dire, virginal. Les
romances françaises n'étaient pas, en 1851,
tout à fait démodées. Récemment, à propos
de la mort de Loïsa Puget, on s'est un peu
moqué de ce genre tombé en désuétude, et
on l'a traité de sentimental et de niais. C'est
possible ; je ne le défends pas ; je demanderai

pourtant comment il se fait que la romance
des Masini, des Loïsa Puget, des Pauline
Duchambge et des Frédéric Bérat ait justement battu son plein à l'époque où la France
avait le plus d'imagination et d'esprit, où la
poésie, le roman, le théâtre, la peinture, la
musique, l'éloquence religieuse et politique
s'épanouissaient au souffle d'une nouvelle
Renaissance !

Cependant, lorsque se taisaient la voix de
Marie et le piano de Membrée, j'entendais
Jules Sandeau murmurer : « Mais où diable
est Émile Augier ? Il manque à notre sym-
phonie ou à notre charivari. » A onze heures
Émile Augier parut. Il venait du ministère
de l'intérieur, où il avait demandé et aisément obtenu la mise en liberté de deux ou
trois prisonniers d'État, que M. de Morny
retenait encore sous les verrous en disant :
« De cette façon, je leur épargne deux incon-

vénients : la chance de se compromettre par quelque sottise inutile, ou la certitude, s'ils s'abstiennent, d'être accusés de mollesse par les énergumènes de leur parti. »

Émile Augier vient de mourir. Ce n'est pas devant son cercueil qu'un écrivain laïque peut se montrer plus sévère que le vénérable curé de Croissy. Son œuvre est considérable. Il faudrait, pour l'analyser en détail, un temps et un espace qui me manquent, ou, pour le résumer à larges traits dans une page, un génie qui me manque encore plus. La critique, dans ces derniers temps, lui attribuait, vis-à-vis de ses rivaux Alexandre Dumas et Victorien Sardou, une supériorité qui s'expliquait surtout par une sorte d'autorité morale, par sa probité littéraire, son attitude correcte, son détachement approximatif de la question d'argent, et le soin qu'il prenait de se tenir à l'écart des intrigues et

6.

des bruits de coulisses. Ce qui me semble
vrai, c'est que la prose d'Émile Augier est
infiniment préférable à ses pièces en vers,
qu'il s'est trompé souvent, qu'il a eu, plus
que ses rivaux, des chutes et des demi-
chutes, mais que ce qu'il a fait de bon est
souvent excellent. Il a eu l'esprit de s'arrêter à temps, de ne pas attendre le déclin, et
d'en rester sur *les Fourchambault*, un de ses
succès les plus légitimes. Maintenant, lorsqu'on réduira à leur juste valeur les hommages excessifs du lendemain, il sera bien
difficile aux écrivains catholiques de ne pas
signaler dans sa carrière dramatique deux
taches, l'une légère, l'autre plus grave. Il
n'avait que vingt-quatre ans lorsqu'il fit jouer
la Ciguë, son premier succès. On peut donc
lui pardonner d'avoir dédié sa comédie à la
mémoire vénérée de son grand-père, Pigault-
Lebrun. Nul n'est forcé de renier son grand-

père, à moins qu'il n'ait assassiné sur les grands chemins ; mais mieux aurait valu ne pas inscrire à la première page du recueil, publié trente ans plus tard, le nom d'un auteur pitoyable, romancier sans talent, voltairien sans esprit, moins innocent et moins amusant que Paul de Kock. C'est à propos de cette dédicace, suivie, à cinq ans de distance, par les effusions conjugales et bourgeoises de *Gabrielle*, que Henri Heine qualifia en ces termes le talent d'Émile Augier : « Un mélange de son grand-père Pigault-Lebrun et de son grand-oncle Joseph Prudhomme. » Quant au *Fils de Giboyer*, qui fit tant de bruit et que sauva, au Théâtre-Français, une interprétation vraiment admirable, rien ne peut le justifier, surtout quand on songe à la date, après Castelfidardo, au moment où l'Église de France gémissait des douleurs de Pie IX, et où la faveur accordée

d'abord au parti catholique se changeait en
persécution sous le régime impérial. On a
dit que, en écrivant cette mauvaise pièce,
Émile Augier avait obéi à un mot d'ordre
parti des Tuileries. Je crois qu'on se trompe.
Peut-être la princesse Mathilde et le prince
Napoléon furent-ils pour quelque chose dans
cette inspiration regrettable; mais ce fut
assez, pour l'expliquer, de la passion anti-
cléricale. — je dirai presque antichrétienne,
— d'Émile Augier, qui était, en somme, un
esprit indépendant. Rappelons, à ce propos,
que la personnalité impardonnable, commise
par l'auteur de *Giboyer,* fut blâmée même
par Théophile Gautier, qui ne passait pas
pour un casuiste bien sévère.

Les thuriféraires de la première heure ont
dit qu'Émile Augier était profondément religieux. C'est là une de ces questions délicates
qu'on ne discute pas; mais il est permis de

croire que cette religion était plutôt de la religiosité parisienne, puisque le même homme qui, lors de son mariage, avait scrupuleusement accompli ses devoirs de chrétien, s'était, d'avance, refusé à entourer ses derniers moments des consolations de l'Église. Pas un mot de plus !

Dès l'entrée d'Émile Augier dans le salon de Jules Sandeau, on put aisément comprendre qu'il n'était nullement au diapason de cette colère contre le Néron de Gérolstein. Le tapage durait encore et les malédictions pleuvaient comme grêle, quand il s'approcha de Sandeau et lui dit à demi-voix : « Ces fureurs n'ont pas le sens commun. Laissons-en le monopole aux hommes politiques qui en vivent. C'est leur affaire. Notre affaire, à nous, est d'écrire de bons ouvrages et de gagner de l'argent. »

Quelques années après, je revenais à

Paris, à la suite d'une longue absence. Je
rencontrai, sur le boulevard, Étienne Moreau,
jeune ingénieur qui avait assisté en amateur
à la scène que je viens de décrire. Nous nous
amusâmes à évoquer le souvenir de cette
scène incandescente, à faire le triage des
intransigeances et des capitulations :

— Gleyre? Paul Huet?

— Restés parmi les boudeurs.

— Allons, tant pis... De Belloy?

— Persiste dans son noble éloignement de
toute concession et de toute faveur.

— Allons, tant mieux... Hamon?

— Mort.

— Allons, tant pis... Ponsard?

— Si honnête, si simple et si bon, qu'on
lui pardonne de s'obstiner à se croire républicain en cumulant les plaisirs du vice et
les honneurs de la vertu... Il n'en est encore
qu'au prince Napoléon et à la princesse Ma-

thilde... A bientôt l'empereur, l'impératrice, les Tuileries et Saint-Cloud...

— Allons, tant mieux!... Edmond Membrée?

— Cherche un libretto d'opéra, et ne le trouve pas...

— Allons, tant pis... Gérôme?...

— En route pour l'Institut.

— Allons, tant mieux... Louis Lacombe?

— Encore un naïf; on dit qu'il va épouser une actrice de l'Opéra-Comique.

— Allons, tant pis... Jules Sandeau?

— A réalisé ses modestes ambitions... Bibliothécaire à la Mazarine... Un très grand succès, *le Gendre de M. Poirier*, en collaboration avec Émile Augier... Fort bien en cour... invité à Compiègne...

— Allons, tant mieux... et la délicieuse Marie, la rose du Morbihan?

— A épousé Jean Sorel, son fiancé, le

héros de l'idylle bretonne et de l'élégie du
2 Décembre, aujourd'hui sous-préfet de Fon-
tainebleau... L'impératrice l'a prise en amitié... Elle a chanté aux Tuileries, avec madame Conneau... Elle porte d'élégantes
toilettes, très parisiennes, qui désoleraient
Brizeux... Les esprits chagrins assurent qu'ils
la préféraient dans sa grâce et sa simplicité
armoricaines...

— Allons, tant pis... Émile Augier?

— Oh! tout à fait un grand personnage...
A le vent en poupe... particulièrement
agréable à nos augustes souverains... réservé
à tous les honneurs, même politiques...

— Allons, tant mieux !

— Oui, mais, dans ces derniers temps, il
a subi bien des échecs... *Ceinture dorée*, au
Gymnase ; *la Pierre de touche*, au Théâtre-
Français ; *le Mariage d'Olympe*, au Vaudeville ; *la Jeunesse*, à l'Odéon... Il comptait

beaucoup sur *Diane*, jouée par mademoiselle Rachel. *Diane* n'a pas réussi, et l'auteur a eu le désagrément de s'entendre dire que son drame était une réduction de *Marion Delorme* par le procédé Collas.

— Allons, tant pis !

III

LA MORT D'UN JOURNAL
LA NAISSANCE D'UNE REVUE
L'OPINION PUBLIQUE
ET LA REVUE CONTEMPORAINE

Dans un chapitre de ces souvenirs, j'ai nommé l'*Opinion publique*, journal d'avant-garde légitimiste. Je voudrais aujourd'hui raconter l'histoire de ce journal, dont on ne connaît que la légende. Je me fais d'autant moins de scrupule de narrer les désagréments que j'y ai subis, que je me les suis constamment attirés par ma faute.

Cinq ou six semaines après la révolution de Février, tandis que chaque matin voyait éclore une feuille incendiaire, socialiste,

écarlate, phalanstérienne, icarienne, fourié-
riste, communiste, démagogique, anarchi-
que, pendant que Raspail, Proudhon, Greppo,
Louis Blanc, Considérant, Blanqui, Lamennais, George Sand, Daniel Stern, Pascal
Duprat, se disputaient l'honneur de faire le
bonheur de la France, d'enrichir les pauvres
sans appauvrir les riches et d'assurer à chaque
Français 25 000 livres de rente, Nettement
vint me trouver pour me parler de la création
d'un nouveau journal, plus *pur* que l'*Union
monarchique* qui, depuis le 24 février, donnait quelques signes de mollesse.

Cette excellente *Union*, greffée sur la *Quotidienne*, avait alors pour directeur M. Lubis,
homme d'esprit, bon vivant, auteur d'une
estimable *Histoire de la Restauration*, mais
que l'on accusait de profiter de la lune de
miel républicaine pour aller prendre sa part
des filets de faisans à la purée d'ananas, que

M. Armand Marrast, — un autre épicurien fort spirituel, — servait, en guise de brouet noir, à ses convives et à ses amis. Oh! ces filets de faisans à la purée d'ananas! On ne peut se figurer à quel point ils s'étaient emparés des imaginations. Les vaincus de Février y trouvaient le texte d'un parallèle entre les raffinements de ce luxe gastronomique et l'extrême simplicité de la table du roi-citoyen. Peu s'en fallait que, pour rendre la comparaison plus concluante, ils ne réduisissent le menu des dîners de Neuilly et des Tuileries au bœuf au chou arrosé de piquette.

Donc, Alfred Nettement pensait que le moment serait bien choisi pour lancer un journal dont les rédacteurs aimeraient mieux vivre de pain sec que de capituler devant M. Marrast, ses ananas, sa purée et ses faisans. Il était sûr de l'appui du duc des Cars, du comte Louis de Saint-Priest, de M. d'Escuns, d'Adolphe Sala, des survivants du *Carlo-Alberto*, de presque tous les députés de l'extrême droite, de toutes les notabilités légitimistes sans peur et sans reproche. Quant au comte de Chambord, son adhésion était acquise d'avance. Ce journal s'appellerait l'*Opinion publique;* il serait le rédacteur en chef de la partie politique, et il venait me prier d'accepter le titre de rédacteur en chef de la partie littéraire.

Avant de continuer ce véridique récit, un mot sur ce pauvre Alfred Nettement, presque oublié aujourd'hui.

Il était gros, ou plutôt épais; le cou puissant, un peu engoncé dans les épaules, les épaules carrées, la démarche pesante; tous les indices d'un esprit dépourvu de légèreté. Une taie dans l'œil gauche donnait à son regard quelque chose de vague. Mais son sourire était charmant et l'ensemble de sa physionomie exprimait la bonté. De six ans plus âgé que moi, élève du collège de Sainte-Barbe, comme Nisard et Montalembert, il avait eu, comme eux, un prix de discours français au concours général, et il en résultait un singulier contraste. Lui qui était trop convaincu pour être traité de rhéteur, il était plutôt resté un admirable vétéran de rhétorique. Dans la *Mode*, où il avait plus d'espace et où il rédigeait habituellement en tête du numéro la tartine politique, telle ou telle de ses pages semblait un pastiche de Bossuet. On aurait pu plus mal choisir; mais un accent plus original, plus personnel, plus moderne, n'y aurait rien gâté.

On avait quelque peine à concilier la douceur de son caractère et son air de bonhomie avec l'extrême violence de ses opinions. Sauf de légères nuances et le progrès que la polémique avait encore à faire pour arriver à

sa perfection intransigeante et démocratique,
il traitait le roi Louis-Philippe, les princes
et les ministres, comme nos virtuoses de
l'*éreintement* à coups de trique et de l'injure
ordurière traitent aujourd'hui leurs antago-
nistes. Son erreur, pendant cette période qui
décida de toute sa carrière, fut de ne considérer la littérature qu'au point de vue de
l'esprit de parti, et d'un parti qui ne comptait
pas dans ses rangs la majorité des hommes
influents dans la république des lettres. Après
le coup d'État, quand un désastre commun
eut rapproché les vaincus de 1830 et les vaincus de 1848, en attendant une réconciliation
qui se fit trop attendre, Nettement se trouva
dépaysé et isolé; il songea à l'Académie, et
l'on eut alors l'agréable surprise de le voir
combler de louanges — d'ailleurs fort méri-
tées — MM. Guizot, Cousin, Salvandy, Thiers,
Villemain, Rémusat, etc., qu'il avait criblés

de critiques comparables à des invectives. Mais, pour le moment, — 27 mars 1848, — il ne pensait qu'à son journal, dont il espérait des merveilles.

Si j'avais eu un peu d'expérience et de sagesse, la réponse était facile. Des articles, tant que vous voudrez! Un titre de rédacteur en chef, même borné à la littérature, une responsabilité quelconque, jamais de la vie! La révolution de Février avait changé ma situation dans mon département. Les électeurs de Villeneuve-lez-Avignon, en renouvelant mon mandat de conseiller général, venaient de m'imposer des obligations nouvelles. Il devait y avoir deux sessions par an, plus longues et plus importantes que sous la monarchie, avec séances publiques où le suffrage universel viendrait juger de la façon dont ses élus répondaient à sa confiance. Mes séjours à Paris ne pouvaient donc

7.

être désormais que courts et intermittents.
En outre, avec l'esprit d'à-propos qui m'a
toujours caractérisé, j'avais célébré le jour
de l'an 1848 en me mettant dans mes meu-
bles, ce qui me rendait tributaire de la garde
nationale. Déjà j'avais eu la visite du sergent-
fourrier de la *sixième du second de la première*, vieux soldat qui ne plaisantait pas sur
le service, et qui, en m'apportant mon billet
de garde, m'avait mis au courant de mes devoirs et des peines disciplinaires en cas de
prétérition ; car on peut remarquer que,
presque toujours, une augmentation de liberté commence par une aggravation de servitude. Or, pas n'était besoin d'être sorcier
pour prévoir, dès les premiers jours du mois
de mars, que ce ne serait pas une sinécure,
et que le bon peuple de Paris, sublime, comme
chacun sait, dans ses victoires, allait nous
faire passer par une série de manifestations,

d'alertes, de rassemblements, de fatigues,
peut-être de conflits, de barricades et de
guerre civile. Que de motifs pour retourner
dans mon Midi, sans compter les élections
prochaines, sans compter les déboires de
notre pauvre littérature en un moment où les
recettes du Théâtre-Français, de l'Odéon et
du Théâtre-Historique variaient de cent cinquante francs à soixante! J'avais donc mille
raisons de dire *non*. Aussi, je m'empressai
de dire *oui*.

Le journal parut dans les premiers jours
d'avril. Il eut d'abord un succès de curiosité;
on se figura qu'il allait représenter le parti
de l'action. En province surtout, dans les
départements du Gard, de Vaucluse et des
Bouches-du-Rhône, les *pas-gênés*, les habi-
tants de l'Enclos-Rey, les cercles et cafés
légitimistes, nous adressèrent les témoignages
de leurs vives sympathies; cet accueil était

d'autant plus flatteur que, dans toute cette zone, M. de Genoude et la *Gazette de France* étaient restés extrêmement populaires. Je me souviens, à ce propos, d'un détail caractéristique, qui donne une idée de l'état de certains esprits pendant cette phase transitoire et provisoire où les coryphées de la démocratie légitimiste croyaient n'avoir plus qu'à étendre la main pour reprendre possession de notre Henri V. En 1849, un peu avant les élections de la Législative, tel était le prestige de M. de Genoude, à Nîmes et à Uzès, que nos députés me disaient : « Cette fois, nous ne l'éviterons pas. » On apprit sa mort l'avant-veille du scrutin. Eh bien ! les *pas-génés* d'Uzès et les *bourgadiers* de Nîmes voulaient le nommer *quand même*, quoique défunt. On a conté que le cercueil de Du Guesclin prenait des villes. Hélas ! celui de Genoude n'aurait rien pris, pas même le bon

sens de ses électeurs, qui en étaient totale-
ment dépourvus.

Ce succès éphémère ne me fit pas longtemps illusion. Le 17 avril, après une journée
fatigante où une émeute gigantesque, mise à la
raison par le général Changarnier, avait donné
beaucoup de besogne à la *sixième du second
de la première*, et où j'avais débuté dans le
noble métier des armes avec une tunique
extraite du magasin de la mairie, dont la
taille trop courte me remontait au milieu du
dos, j'allai chez M. Buloz, que je trouvai
en fort mauvaise humeur; il y avait de quoi.
Dans le numéro du 15, j'avais vertement
tancé mademoiselle Rachel, qui, pour retenir
la foule et démocratiser sa popularité, s'était
mise à chanter ou plutôt à déclamer *la Marseillaise*, au dénouement d'*Horace*, de *Cinna*
ou de *Bajazet*. Je lui rappelais que, après la
révolution de Juillet, Nourrit, à ce jeu-là,

s'était enroué pour six mois. Le lendemain, le *Charivari*, sans me nommer, publiait un article intitulé : *la Marseillaise éreintée par le citoyen Buloz*. — Mais c'était là le plus léger de ses deux griefs. Il avait lu mon nom en tête des premiers numéros de l'*Opinion publique*, et il m'adressa là-dessus de très justes remontrances.

— Je cesse de vous comprendre, me dit-il Vous avez paru enchanté de votre entrée à la *Revue*. Je vous savais gré de votre enthousiasme. Vous vous disiez fier de voir votre nom à côté des noms d'Alfred de Musset, de Sainte-Beuve, de George Sand, de Mérimée ; et vous voilà galvaudant ce nom au hasard, dans un journal sans avenir, où vous allez vous trouver en mauvaise compagnie.

— En mauvaise compagnie !!! un journal légitimiste !!!

— Oui, je ne m'en dédis pas, et votre sur-

prise me prouve que vous ne vous êtes pas
encore débarrassé des idées fausses, rappor-
tées de votre Provence. Il ne suffit pas
d'écrire dans un journal légitimiste pour
être un saint homme ou simplement un
honnête homme. Dans tous les partis il y a
un rebut, et, dans le vôtre, ce rebut est d'un
contact d'autant plus fâcheux qu'il est généralement famélique. Ce sont les épaves de
naufrages dont l'histoire secrète n'a souvent
aucun rapport avec la politique et ses vicissitudes. C'est ce qui explique le dédain de vos
marquis et de vos duchesses pour la littérature, le journalisme et la presse, pour ceux-
là même qui, la plume à la main, souvent
logés dans une mansarde et dînant dans les
crêmeries, défendent les traditions monarchiques, les grandeurs déchues, la royauté,
la noblesse et les châteaux. Non contents
de les laisser mourir de faim, ils se plaisent

à leur créer une situation impossible. Si
l'écrivain royaliste se donne, dans un journal,
quelque licence, risque un mot un peu leste,
une scène un peu vive, horreur ! on se récrie,
on se voile la face, on met à l'index le coupable. S'il se conforme au programme de la
plus stricte vertu, on le déclare horriblement
ennuyeux, affreusement insipide, et l'on va
savourer le feuilleton scabreux que publie le
journal des jacobins ; toujours l'histoire des
femmes légères qui pardonnent tout à leur
amant et ne passent rien à leur mari... »

« D'ailleurs, reprit-il, dans la *Revue*, vous
n'êtes responsable que de vos articles, sou-
mis, comme tous les autres, à une active
surveillance. Dans votre *Opinion publique*,
dont chaque numéro étalera votre nom en
vedette avec un titre de rédacteur en chef,
votre responsabilité sera de tous les instants ;
rien ne sera contrôlé. Si un écervelé publie

un article dangereux, c'est à vous que l'on
s'en prendra... Et la question d'argent? Vous
en êtes-vous préoccupé?... Ce n'est pas le
côté brillant de la presse légitimiste. En
somme, voici ce que je vous prédis : avant
six mois vous serez compromis; avant un an
vous serez forcé de nourrir ceux de vos collaborateurs qui n'auront pas de quoi payer
leur dîner. »

Ces prédictions sinistres ne tardèrent pas
à se réaliser.

En attendant que l'*Opinion publique* fût le
Moniteur du roi légitime, remonté sur le
trône de ses pères, le personnel, les bureaux,
le gouvernement intérieur de notre malheureux journal, représentaient exactement la
cour du roi Pétaud. Il n'était ni administré
ni dirigé. Chacun tirait à soi. On préludait
aux saisons de misère par un gaspillage
inouï. Les petits employés, choisis dans des

familles vendéennes ou parmi des victimes
de la tyrannie de Louis-Philippe, apportaient
leur zèle, leur dévouement, leur pauvreté et
leur appétit. Ils n'entendaient rien à leur
affaire, et croyaient que les *Premiers-Paris*
de Nettement, de plus en plus imités de Bossuet, allaient leur ramener leur monarque.
Il y avait surtout les mots *épouvantement,
providentiel, impénétrable, incommensurable,*
qui produisaient un effet magique. De temps
à autre, on avait recours à quelque expédient
fantaisiste, qui devait piquer au vif l'attention
et la curiosité publiques, et qui ne servait
qu'à augmenter les dépenses sans ombre de
bénéfice. C'est ainsi que, un matin, en arri-
vant sur le boulevard, à l'angle de la rue
Taitbout, je rencontrai deux grands esco-
griffes, coiffés de casquettes portant cette
inscription : « OPINION PUBLIQUE ». Un paquet
de journaux sous le bras, ils s'égosillaient

pour *nous* offrir aux passants, complètement sourds à cette offre séduisante. Tout ce que nous y gagnâmes, ce fut de faire sourire à nos dépens.

Peu de temps après, je dis à Nettement que, pour lancer le journal et affriander les lecteurs de bonne compagnie, il faudrait publier dans notre feuilleton une nouvelle ou un petit roman, signé Méry, Jules Sandeau ou Charles de Bernard. Je lui offrais de me charger de la démarche, et je me croyais sûr du succès. Il bredouilla, détourna la conversation. Quelques jours plus tard, l'*Opinion publique*, sans me prévenir (!), commença la publication d'un interminable roman de Fenimore Cooper, *les Lions de mer*, traduit par Francis Nettement.

Francis Nettement, frère de notre rédacteur en chef, personnifiait, lui aussi, une de nos nombreuses malchances. Au physique

et au moral, c'était la caricature de son frère.
Il avait fait de brillantes études ; il parlait
l'anglais comme le français, il possédait une
certaine facilité de plume ; avec cela un modèle d'honnêteté et de vertu. Mais il avait un
malheur : sans être idiot, il en avait l'air ou
du moins son ahurissement perpétuel pouvait
s'appeler d'un autre nom. Ce semblant d'im-
bécillité résultait de la combinaison d'un rire
permanent, figé sur ses lèvres, avec une vue
tellement basse que, lorsqu'on le rencontrait
dans la rue, — toujours le chapeau à la
main, — on avait envie de lui offrir le bras
pour l'empêcher de se heurter à un embarras
de voitures. Son gros rire, ai-je dit ? le pauvre homme n'aurait pas ri, s'il avait prévu
l'avenir. En 1849, tandis que son frère, porté
sur la liste des candidats royalistes du Morbihan, était sûr de son élection, j'avais pris
un congé, sans que mon nom disparût de la

première page de notre journal, et j'étais
venu remplir mes devoirs d'électeur. Quelle
ne fut pas ma surprise, en entrant dans la
salle à manger de l'hôtel du Midi, à Nîmes,
d'y trouver Francis Nettement attablé avec
un des *pas-gênés* d'Uzès! Je dois ajouter que
ce *pas-gêné*, malgré son fanatisme méri-
dional, semblait stupéfait des allures de cet
étrange candidat, de son rire passé à l'état
de *tic* et de cette myopie invraisemblable,
qui lui faisait, à chaque instant, confondre
son verre avec son assiette et sa fourchette
avec son couteau. Les *pas-gênés*, mécontents
de leurs députés qui n'allaient pas assez vite
en besogne, sachant qu'Alfred Nettement
avait son siège assuré en Bretagne, s'étaient
dit que, faute de grive, on se contente d'un
merle, surtout quand c'est un merle blanc.
Il leur avait paru que, d'Alfred à Francis, il
n'y avait que la différence d'un nom de bap-

tême, et qu'il suffisait d'être un écrivain de Paris pour offrir l'étoffe d'un député. Ils avaient donc appelé Francis, qui ne s'était pas fait prier et était accouru en diligence. Mais cette fois, c'était trop fort; la déception fut trop rude, et Francis repartit comme il était venu. Cet échec commença la série de ses infortunes. Après le coup d'État et la disparition de l'*Opinion publique*, je le retrouve, dans mes souvenirs, admis ou plutôt toléré à l'*Assemblée nationale*, où il rédigeait à coups de ciseaux la revue des journaux. Puis, plus rien; le naufrage parisien avec toutes ses férocités taciturnes: le linceul de la mort; pas plus de bruit qu'une feuille sèche tombant sur un tapis de neige.

Quant à Fenimore Cooper, l'auteur du *Pilote*, de *l'Espion*, du *Dernier des Mohicans*, du *Corsaire rouge*, il avait été, concurremment avec Walter Scott, un des enchanteurs de ma première jeunesse. J'étais donc son débiteur. Mais, au cinquante-huitième feuilleton des *Lions de mer*, il me sembla que nous étions quittes. Ce qu'il y a de pire, c'est que, en ma qualité de rédacteur en chef, propriétaire du rez-de-chaussée de notre journal, on m'attribua le tour de faveur accordé à ces ennuyeux *Lions*, et que, pendant qu'ils secouaient leur crinière humide sur la mer en courroux, deux accidents parallèles venaient compliquer la situation: le tiroir aux manuscrits achevait de se remplir et la caisse achevait de se vider.

Ces manuscrits, que j'avais le chagrin de lire, avec la double certitude d'exaspérer les auteurs si je les refusais, et, si je les admettais, de ne pouvoir les payer, me mirent en relations, parfois en conflit avec des écrivains de physionomies bien diverses.

A tout seigneur tout honneur! je commence

par M. Barbey d'Aurevilly. Il avait alors
quarante ans, et posait pour le grand homme
inconnu. Je dois l'avouer, je fus séduit par
cette figure originale, dont l'originalité, dans
sa personne comme dans son premier écrit,
— *les Prophètes du passé*, — restait encore
dans de certaines limites. Sa mise préten-
tieuse était celle d'un *dandy* qui, trop pauvre
pour être élégant, y suppléait par des recher-
ches et des bizarreries destinées à fixer l'attention et à piquer la curiosité. Il était beau,
d'une beauté virile et martiale qui n'avait pas
été sans influence sur la direction qu'il donna
dans la suite à sa littérature, à sa vie et à son
rôle. Son nez aquilin, un peu crochu, re-
courbé sur sa moustache en croc, faisait songer au faucon héraldique plutôt qu'à l'aigle.
Le regard vif et hautain, le chapeau sur
l'oreille, la taille bien prise et énergiquement
cambrée, on devinait que, s'il faisait sa trouée

dans les lettres, il frapperait moins juste que
fort. Il avait déjà des flatteurs, subjugués
par son grand air et son imperturbable aplomb,
qui lui disaient qu'il s'était trompé d'époque,
qu'il y avait en lui du d'Artagnan et du Brian
de Boisguilbert, qu'il était fait pour l'action
plutôt que pour l'écriture, pour enlever Ré-
becca ou sauver Charles Ier, plutôt que pour
se réduire au métier de plumitif. Sans remonter si loin, il se serait contenté de la
chouannerie, qui lui a inspiré ses meilleures
pages. Pourtant, dans cette première phase
de sa carrière enveloppée de quelque mystère, son type favori, son modèle de prédilection, ne fut ni d'Artagnan, ni Georges
Cadoudal : ce fut Brummel. On a dit de cet
affreux Stendhal que son chagrin était de
n'avoir pu rivaliser de bonnes fortunes avec
l'abominable Casanova de Seingalt. On pouvait dire de Barbey d'Aurevilly que son secret

8

déplaisir était de ne pouvoir, par des raffinements de *dandysme*, être le Brummel français. On sait qu'il se consola de n'être pas
l'égal de son modèle en se faisant son bio-
graphe.

On lui a attribué de romanesques aventures
que je n'ai pas à éclaircir. Ce que je sais
mieux, c'est que, à cette date, — décembre
1848, — *les Prophètes du passé*, — Joseph de
Maistre, Chateaubriand, Bonald, Lamennais,
— produisirent sur moi une vive impression.
Qui aurait pu supposer que ce casuiste in-
flexible qui reprochait à Chateaubriand d'avoir
discrédité son *Génie du christianisme* par ses
habitudes extra-conjugales, l'épisode de Velléda et les sauvageries trop peu sauvages des
Natchez, écrirait des livres qu'un catholique,
même tiède, n'oserait pas lire ou rougirait
d'avoir lus?

Enthousiasmé, ou, comme on dirait au-

jourd'hui, *emballé*, j'oubliai un moment l'impitoyable question d'argent; je m'engageai
avec Barbey d'Aurevilly, et son étude sur
Joseph de Maistre parut dans notre journal.
Heureusement, elle eut du succès, et obtint
l'approbation de notre rédacteur en chef. Il
y eut assez de tirage pour me prouver dans
quelle impasse je m'étais fourré; on eut l'air
de me dire : « C'est bon pour cette fois, mais
pas de récidive ! » Pourtant cette *copie* fut
payée.

A quelque temps de là, je vis arriver un
tout jeune homme aux allures vives et tur-
bulentes, pareil à un écolier en rupture de
collège plutôt qu'à un littérateur sérieux.
Jehan de Frollo devait avoir cette physionomie de casse-cou, rieuse et tapageuse. Il me
conta qu'il venait de faire, en qualité de
mousse, un grand voyage maritime, qu'il
rentrait en France, très léger d'argent, mais

qu'il espérait en gagner beaucoup avec sa
plume, parce qu'il se sentait plein d'imagination. J'avais envie de lui répondre qu'en
frappant à notre porte, il n'en prenait pas le
chemin. Mais tout cela était dit avec une
confiance et un entrain qui ne déplaisaient
pas. Il m'apportait, en guise d'échantillon de
son savoir-faire, et comme première lettre
de change sur le million à venir, une fantaisie
allégorique et satirique intitulée : *La vraie
Icarie*. M. Cabet ayant inventé cette *Icarie*
qui devait faire la félicité du genre humain,
mon jeune inconnu lui opposait une *Icarie*
chrétienne où le bonheur consistait à pratiquer le précepte de l'Évangile : « Aimez-
vous les uns les autres! » Ces pages un peu
naïves, mi-parties de Florian et de Bouilly,
avaient de la fraîcheur et du charme.

Ce singulier garçon m'intéressait et m'em-
barrassait; toujours pour la même raison. Il

prit soin de me tirer d'embarras. A sa seconde visite, il se querella avec notre garçon
de bureau. La querelle dégénéra en pugilat,
et Nettement, qui aimait la tranquillité, se
hâta de congédier ce collaborateur qui com-
promettait son *Icarie* par des coups de poing.
Ce brusque congé fit la fortune de l'expulsé;
il se ravisa, changea de genre et d'horizon
littéraire, mit à profit cette riche imagination
dont il m'avait parlé, se glissa dans le feuilleton de deux ou trois journaux, et, peu
d'années après, la signature du vicomte Ponson du Terrail, doublement père de Rocambole puisqu'après l'avoir créé il le tuait et
qu'après l'avoir tué il le ressuscitait, suffisait à tripler le tirage des journaux qu'il
décorait de sa prose. Je ne le perdis pas de
vue. Il avait deviné mes sympathies, et il
m'en savait gré. A chacune de nos rencontres
nous échangions quelques phrases amicales.

8.

Un jour, au plus beau temps de l'*orgie impériale*, il me dit : « Cette année m'aura rapporté cent mille francs et la croix d'honneur. — Eh bien ! répliquai-je, cher et brillant confrère, si vous étiez resté chez nous, vous auriez eu l'honneur, mais vous n'auriez pas eu les cent mille francs, et, en fait de croix, vous n'en auriez connu que le supplice ! »

Il nageait en pleine vogue, lorsque je reçus une lettre d'un des prêtres les plus distingués du diocèse d'Orléans, qui me demandait des renseignements sur l'auteur de *Rocambole*. Il s'agissait, me disait-il, d'un mariage qui le ferait entrer dans une famille très honorable, amie de l'illustre évêque. Des renseignements pour un mariage ! La question est toujours fort délicate, surtout lorsqu'il s'agit de marier, non pas le grand Turc avec la république de Venise, mais un romancier populaire avec une fille de bonne et pieuse bourgeoisie de

province. Pourtant je me souvins que, lors
de la tempête récemment soulevée par mes
attaques contre Balzac, le vicomte Ponson
du Terrail avait été le seul à prendre ma défense dans une séance du comité de la Société
des gens de lettres où j'avais été fort maltraité et où un balzacien fanatique avait proposé de me demander ma démission. D'autre
part, le gérant de cette société m'avait conté
que, sur ses premiers bénéfices, Ponson du
Terrail s'était empressé de prélever de quoi
commander une douzaine de chemises. Enfin,
il était avéré que l'infatigable conteur impro-
visait un feuilleton par jour. Je pus donc
répondre sans trop de scrupule qu'il possédait
à ma connaissance, trois qualités essentielles
dans le mariage : fidèle en affection, économe
et laborieux. Le mariage eut lieu : fut-il heureux ? Je n'en sais rien. Hélas ! ce que je sais
mieux, c'est que Ponson du Terrail mourut

en janvier 1871, au plus fort de nos désastres, à quarante-deux ans !

Naturellement, sa rapide fortune lui avait fait des envieux. L'un d'eux s'amusait à dresser la liste des phrases dont avaient à se plaindre la grammaire et la logique dans le récit des innombrables aventures de Rocambole. En voici une, entre beaucoup d'autres : « Pour venir à ce rendez-vous, il avait choisi une voiture d'une forme *extraordinaire*, *afin de ne pas attirer l'attention.* » Certes, cette phrase est absurde, et pourtant elle ne m'a jamais fait rire. Savez-vous pourquoi? Parce qu'elle me rappelle le douloureux épisode de Varennes et cette énorme berline où monta la famille royale et qui n'attira que trop l'attention. Au surplus, ces absurdités innocentes, que personne ne prenait au sérieux, ne sont-elles pas préférables aux abus de *modernité* tels que ceux-ci : « Je me crus transporté en arrière de ce siècle et de ce pays *ochlocratisé*. La majesté de la mer cessa devant cette parole : Je cherche l'*androgyne* et le secret de Polyclète. Ah ! comtesse, ma stupeur à voir *issir* une telle pensée d'une bouche de grande dame ne fut arrêtée que par la pure joie de rencontrer *un être de la race solaire*. On confond niaisement une difformité avec la *superexcellence*, sans se rendre compte que l'art n'hésite jamais sur le *pôle organique*. Essentiellement parlant, le grand art n'admet ni le *mâle* ni la *femelle*. Il représente l'*androgyne* ou le *gynandre* seulement. » Ces lignes étonnantes sont extraites textuellement d'un livre nouveau dont l'auteur prétend sans doute faire école. Au moins, les non-sens de Ponson du Terrail n'étaient que d'innocentes étourderies.

Dans ce défilé de mes mésaventures, je ne dois pas oublier l'aimable Jules de Saint-

Félix, mon compatriote, poète et romancier remarquable, originaire de la ville d'Uzès, où sa famille occupait un des premiers rangs. Il m'arriva avec un roman qui nous parut à tous deux convenir admirablement aux abonnés de l'*Opinion publique*. Le sujet, aujourd'hui un peu épuisé, mais beaucoup plus neuf en 1848, était emprunté aux années transitoires qui vont des derniers soupirs de la monarchie aux angoisses de la Terreur. La reine Marie-Antoinette y apparaissait tour à tour dans toute la grâce mélancolique de ses tendresses maternelles, dans la majesté de ses douleurs, dans la dignité de son agonie, dans la sainteté de son martyre. L'idylle de Trianon se changeait peu à peu en élégie, l'élégie en drame, le drame en tragédie. Tout le récit était animé du plus pur sentiment royaliste, et cet hommage sans réserve avait d'autant plus de prix que nous étions encore au lendemain de l'*Histoire des Girondins*, que, dans ce livre coupable — et cruellement expié — Lamartine [1] avait insinué, au sujet de la reine, des doutes injurieux, et que ce livre, dramatisé et popularisé par Alexandre Dumas dans *le Chevalier de Maison-Rouge*, avait eu pour commentaires et pour épilogues une révolution, une république et les journées de Juin. Le roman de Jules de Saint-Félix, intéressant et pathétique, était donc, auprès de notre public, une réparation et une revanche.

Cette fois, je me croyais sûr d'un succès, il ne pouvait y avoir de difficulté, puisque le

1. Lire dans la nouvelle édition des *Girondins*, par le neveu de Guadet: « Lamartine lui avait emprunté de nombreux documents. M. Guadet s'étonna de les retrouver transcrits avec trop d'imagination. Il s'émut de la fascination de ce talent séducteur qui risquait de river l'histoire à une fantaisie ; en présence du succès littéraire d'un livre où les faits historiques s'altèrent, grandissent, disparaissent, s'improvisent même, selon la mise au point d'une composition artistique. »

généreux écrivain ne demandait, ou à peu près, que l'honneur de lire son nom dans notre journal et de concourir à une œuvre royaliste.

Hélas! j'avais compté sans les scrupules du royalisme sentimental, une de nos plaies. Au troisième feuilleton, Nettement me déclara qu'il fallait interrompre la publication de ce roman parce que, en évoquant la figure de Marie-Antoinette, il pouvait rappeler de douloureux souvenirs à madame la duchesse d'Angoulême. Or, de deux choses l'une : ou la duchesse d'Angoulême, alors septuagénaire et n'ayant plus que bien peu de temps à vivre, avait renoncé à toute autre lecture qu'aux lectures de piété; ou le malheur des temps avait fait passer sous ses yeux trop de calomnies révolutionnaires, pour qu'elle fût complètement insensible à une touchante histoire où elle retrouvait son auguste mère dans tout l'éclat de ses vertus.

Je fus consterné : je l'aurais été bien davantage, si Jules de Saint-Félix, redoublant de désintéressement et s'associant à mes peines au lieu de les aggraver, n'avait accepté avec une admirable résignation et sans un mot de plainte un incident qui ne pouvait que faire à son ouvrage un tort irréparable. N'importe! Le coup fut rude et ne tarda pas à être suivi d'un nouveau chagrin qui pénétra encore plus avant dans mon cœur. Il atteignait un enfant de ma ville natale, merveilleusement doué, beau, spirituel, éloquent, intrépide, possédant le secret de dominer les foules, fait pour exercer partout un irrésistible prestige, le comte Gaston de Raousset-Boulbon.

Cependant, il ne faudrait pas que les sympathies profondes qui s'attachent à cette héroïque et tragique destinée nous fissent oublier certaines lois de morale pratique et de bon sens qui gardent toujours leurs droits et se font toujours leur part. Gaston de Raousset, encore au berceau lors de la mort de sa mère, fils d'un père remarié, qui aurait été mieux logé à Charenton que dans son hôtel, n'avait eu auprès de lui, en entrant dans le monde, personne pour modérer cette fougue, diriger ses passions ardentes et tirer parti des richesses de cette nature exubérante. Livré à lui-même avant sa vingtième année, il était de ceux qui aperçoivent la vie à travers un mirage, ne croient pas à l'impossible, cultivent le superflu sauf à négliger le nécessaire, et se figurent qu'ils n'ont qu'à étendre la main pour saisir les fruits d'or qui n'existent que dans leur imagination. Se trouvant trop à l'étroit dans notre vieille Europe, presque banni de la maison paternelle, il avait demandé et obtenu une concession en Algérie.

Il réussit d'abord, et ce succès de colonisateur aurait pu lui rendre son patrimoine, qu'il avait croqué en trois bouchées. Mais il ne songea pas un instant à équilibrer son budget. Il vécut en grand seigneur; il eut des chevaux de luxe, tint table ouverte, invita et eut l'honneur de recevoir les princes d'Orléans, qui le prirent en amitié, mais qu'une prochaine catastrophe allait mettre hors d'état de lui être utiles. Il eut même, dit-on, une sultane favorite, pour achever de se donner à lui-même l'illusion de la vie orientale! Ces horizons immenses, ce soleil de feu, les majestés et les harmonies du désert, ne se prêtaient que trop aux rêves grandioses, démesurés, de cette imagination puissante, ennemie de tout calcul prosaïque, de toute réalité bourgeoise. Comment croire aux réclamations d'un créancier quand on prête l'oreille au rugissement d'un lion et qu'on est tenté de rugir avec lui!

Rien de plus séduisant que l'étoffe d'un héros. Seulement on doit se méfier de la doublure.

Gaston de Raousset rentra en France, où l'attendaient des illusions et des déceptions d'un autre genre. La révolution de Février venait d'éclater. Sous son aspect caractéristique, elle devait lui plaire. Ce qui épouvantait le bourgeois ne pouvait que l'attirer. En effet, si l'on avait connu alors une formule souvent répétée en ces derniers temps, on aurait pu dire : « La république de Février sera sociale, ou elle ne sera pas. » Réduite à la question du plus ou moins de liberté politique, elle était un pitoyable non-sens. Le roi Louis-Philippe n'en avait donné que trop, puisqu'il avait donné de quoi le renverser. Mais le suffrage universel, en proclamant la prépondérance du grand nombre, devait na-

turellement inspirer à ce grand nombre l'envie d'en finir avec ses misères, d'améliorer
les conditions de sa vie matérielle, de manger du pain moins noir et moins sec. C'est à
ce mouvement que répondirent les sectaires,
les utopistes, les organisateurs du travail,
c'est-à-dire de la paresse ; à peu près comme
Gambetta, en 1870, fut l'organisateur de la
victoire, c'est-à-dire de la défaite.

Gaston de Raousset n'en était pas là ; pourtant, l'idée d'une augmentation de bien-être
dans les classes pauvres le transportait d'enthousiasme et répondait aux meilleurs ins-
tincts de sa nature généreuse. Il écrivit et
parla dans ce sens. Avignon, pour se consoler de la dictature de M. Gent, eut alors le
rare spectacle de trois jeunes gens, doués
tous les trois d'une intelligence d'élite, ani-
més d'un même sentiment avec un tour d'esprit différent, Gaston de Raousset, Léopold

de Gaillard et Émile Chauffard. Ils passion-
nèrent un moment notre population mobile,
trop sujette à passer d'un extrême à l'autre.
On s'arrachait leur journal intitulé la *Liberté*,
tout étonné de pas mentir à son titre. On se
pressait pour les entendre dans les réunions
publiques, et, lorsque Gaston de Raousset,
de sa belle voix de commandement, pronon-
çait des phrases telles que celles-ci : « Il est
temps de briser la coupe amère où s'abreuve
depuis six mille ans l'humanité », la multitude applaudissait, comme si elle devait
trouver en sortant de la salle des séances un
dîner à trois services.

Cette saison triomphale semblait promettre un succès quand viendrait le jour des élections pour l'Assemblée législative. Mais le
mot popularité ne traduit que trop exactement les deux mots latins, *aura popularis*.
C'est un souffle insaisissable à qui un rien

suffit pour faire tourner la girouette. Ayant
échoué aux élections de mai 1849, Gaston de
Raousset vint à Paris. Il m'offrit, pour le
feuilleton de l'*Opinion publique*, un roman
qui a paru plus tard dans la *Presse* et dans
la collection Jacottet, *Une Conversion;* roman
parsemé d'allusions à ses sentiments personnels, à sa vie intime et à ses erreurs de jeu :
nesse. Il avait alors trente ans! Que n'aurais-je
pas donné pour être aussi riche (mais par des
moyens moins louches) que M. Émile de
Girardin, pour pouvoir assurer, dans notre
journal, à Gaston de Raousset une position
qui lui eût permis de vivre à Paris en attendant une meilleure veine!... Qui sait? A la
fois rêveur et homme d'action, dégagé du parti
royaliste par les injustes caprices du scrutin, il aurait, suivant toute apparence, adopté
le coup d'État aussi passionnément que la
république de Février! — une même médaille

à deux revers, — et peut-être il eût suffi d'une occasion pour que Napoléon III, séduit par sa bonne mine, reconnût dans ce gentilhomme provençal un caractère parent du sien. Toutes ces conjectures, et d'autres encore, me hantèrent après la tragédie de la Sonora, préliminaire de celle de Queretaro, et changèrent souvent mes regrets en remords. Et pourtant, que pouvais-je ?

Après tous ces déboires, la Providence des journaux pauvres, mais honnêtes, me devait une compensation. Elle me l'accorda, la seconde année, en la personne de Henri de Pène : mais celui-ci mérite bien un chapitre à part.

Henri de Pène n'avait pas vingt ans lorsqu'il entra à l'*Opinion publique* avec le titre modeste de secrétaire de la rédaction ; mais il était facile de deviner que ce conscrit serait un jour capitaine, et que, si les circonstances s'y prêtaient, ce capitaine pourrait arriver au grade de général. Ce jeune homme fut aussitôt pris au sérieux par des écrivains et des vétérans du royalisme, tels que Nettement, Albert de Circourt, Adolphe Sala, d'Escuns, ses aînés d'un quart de siècle, et l'estime qu'il inspirait ressemblait presque à de la déférence.

La génération nouvelle a connu Henri de Pène, usé avant l'âge par l'excès de travail. les exigences de la *copie*, les mécomptes de la politique, les agitations continuelles du journalisme militant, mal guéri peut-être de la blessure qui avait failli l'enlever. Et cependant elle a pu comprendre ce qu'il avait dû être dans tout l'éclat de sa jeunesse, dans toute la fraîcheur de la vingtième année. Il offrait ce trait caractéristique, que, étant remarquablement beau, il avait l'air de ne pas le savoir, sans doute pour ne pas se lais-

9.

ser distraire de ses légitimes ambitions par
des succès frivoles. Son sourire charmant,
ses grands yeux veloutés, son regard profond,
avaient un je sais quoi de mélancolique,
comme s'il avait prévu qu'il ne remplirait
pas tout son mérite, que les événements ne
se lasseraient pas de déjouer ses plus chères
espérances, qu'il survivrait à son roi pour
en être l'historiographe, et que, découragé
par les caprices de la politique et de l'histoire,
il finirait par écrire des romans.

Je ne prétends pas raconter sa vie, toute
d'honneur et de dévouement. A son insu,
sans y mettre les complaisances du moi, un
journaliste se raconte lui-même par cela
même qu'il entre chaque matin en communication avec le public. On sait que ses polé-
miques incessantes purent lui créer des adversaires, mais pas un ennemi; que ses luttes
furent adoucies et comme embellies par une

compagne digne de lui, qui faisait dire quand on les apercevait tous deux, toujours ensemble, aux premières représentations : « Le beau couple! » On sait quelles furent les angoisses de cette noble femme, lorsqu'une étourderie d'improvisation plaça tout à coup son mari en face d'un des plus grands dangers dont il soit fait mention dans les annales des duels célèbres. Une phrase malencontreuse dans sa chronique du *Figaro* avait éveillé les susceptibilités de tous les sous-lieutenants de la garnison de Paris. Il ne s'agissait pas d'une rencontre individuelle, *nomen illi legio;* un seul homme contre des centaines d'adversaires. Les plus irrités déclaraient que les combattants se succéderaient sur le terrain, jusqu'à ce que le corps d'officiers fût vengé. C'était la mort à courte échéance. Ce qui fut admirable, ce fut l'attitude de Henri de Pène, son sang-froid, sa

bravoure, d'autant plus héroïque qu'il ne se
sentait coupable que d'une distraction, que
le point d'honneur l'empêchait seul de s'ex-
cuser auprès de ceux qu'il avait offensés, et
que, cette fois, les chances fatales étaient
presque des certitudes.

Ses amis, dans leur épouvante, en étaient
arrivés à désirer que, au premier engagement
des épées, il fût sérieusement blessé, pas assez
pour en mourir, assez pour rendre impossible
la continuation de ce duel, comparable à
l'hydre de Lerne. Nos souhaits ne furent que
trop exaucés. Seulement, la blessure parut
d'abord mortelle. Les médecins donnaient
bien peu d'espoir. C'était un sursis qui peut-
être n'apaiserait les colères et n'arracherait
les armes des mains que pour les faire tomber
sur un cercueil. Les plus optimistes annonçaient que si, par extraordinaire, Henri de
Pène se tirait de ce péril, sa guérison ne se-

rait jamais complète ; qu'il suffirait d'une émotion, d'un grand chagrin, d'un accident quelconque pour rouvrir sa blessure et compromettre ou abréger sa vie.

Cette émotion, cette douleur, cette seconde blessure, l'attendaient le 22 mars 1871, place Vendôme, lorsque, dans un élan patriotique et généreux, il se joignit à la députation de braves gens qui apportaient à des scélérats des paroles de paix, et que ces scélérats leur répondirent par des coups de fusil.

Dès son début à l'*Opinion publique*, j'éprouvai pour lui une sympathie et une estime qui ne se démentirent jamais. Dirai-je que je n'aurais pas voulu le voir donner une autre direction à son talent, à sa vie littéraire ? Que je ne gémissais pas de la nécessité où il s'était mis de se surmener pour que sa plume infatigable pût subvenir aux dépenses de sa maison ? On ne me croirait pas. Quiconque a traversé, depuis cinquante ans, les zones torrides de la littérature parisienne, sait, premièrement, que l'écrivain, même distingué et fécond, qui ne *fait pas de théâtre*, qui n'est pas un des trois ou quatre privilégiés des centaines d'éditions, qui s'interdit les obscénités et les ordures (conciliables, à ce qu'il paraît, avec l'Académie française), qui demeure étranger aux deux ou trois journaux millionnaires et qui a le courage de rester fidèle au parti des vaincus, peut demander à son travail l'*auream mediocritatem*, mais renoncer au luxe. Marié à une femme belle et élégante, réalisant en plein Paris artistique, littéraire, mondain et demi-mondain, le difficile problème de l'amour dans le mariage, *gentleman* des pieds à la tête, mêlé par ses relations aux célébrités du *high-life*, il s'était laissé entraîner à des dépenses qui le forçaient de s'écraser de travail pour ne pas s'obérer de dettes. Qui aurait le courage de le blâmer? Pour un homme de talent et de cœur, y a-t-il une plus vive jouissance que d'écrire une page, de peindre un tableau, d'ébaucher une statue, avec l'idée que sa chère compagne en profitera, que son œuvre la fera plus riche, plus heureuse, plus belle, et qu'il sera récompensé par un sourire? Ne lui est-il pas permis de se dire que c'est une façon de thésauriser qui n'est pas à la portée du vulgaire, et que chaque pièce d'or qui s'échappe de ses mains ouvertes devient dans le budget de sa tendresse un trésor préférable aux spéculations les plus lucratives, aux capitaux les mieux placés?

N'importe! je ne pouvais me défendre d'une vague sensation de malaise lorsque je lisais dans les *Chroniques* ou *Échos de Paris*, à l'article des fêtes mondaines, le nom de M. et de madame Henri de Pène à côté de ceux des

grands propriétaires, des reines de la mode
et des princes de la finance. Je savais ou je
devinais à quel prix était acheté ce minuscule
plaisir d'amour-propre, par quel surcroît de
copie il avait fallu se mettre en mesure de
suffire à ce surcroît de dépense. Il me semblait d'ailleurs que Henri de Pène, écrivain si
distingué, caractère si chevaleresque, journaliste si vaillant, royaliste si dévoué, n'était
pas à sa place là où il pouvait être effacé par
un juif tout cousu d'or, une cocodette dia-
mantée, un gommeux sans orthographe, un
sportsman moins spirituel que son cheval,
ou un descendant des croisés n'ayant plus
de *croisé* que les bras. Songez que, dans les
journaux dont il était le rédacteur en chef, il
lui arrivait de faire presque tout le journal
sous diverses signatures, que le compte rendu
immédiat des pièces nouvelles, — où il excellait, — lui imposait des soirées et des nuits

fiévreuses, où il passait de l'atmosphère suf-
focante d'une salle des *grandes premières* au
feu d'une improvisation à outrance, forcé de
compter ses pages par demi-heure, ses idées
par minute et ses mots par seconde!

L'organisation la plus robuste ne saurait
résister à un régime aussi meurtrier, surtout
quand le monde et ses exigences prélèvent
leur dîme sur les journées de travail. Henri
de Pène aurait eu besoin d'une tout autre
hygiène intellectuelle et physique. Après sa
blessure qui mit sa vie en si grand danger,
et dont, probablement, il s'est toujours ressenti, j'aurais souhaité pour lui une existence
à la fois paisible et laborieuse; deux mots
qui ne s'excluent pas, au contraire! Le travail est un ami, quand il n'est pas un tyran;
le meilleur des médecins, quand il n'est pas
le plus dangereux des empiriques; — ou, si
vous préférez une autre image, c'est un vin

généreux qui triple les forces, ou un vin capi-
teux qui étourdit, qui énerve et qui grise.
Je vous disais tout à l'heure quelle vive jouissance ce doit être pour un écrivain, pour un
artiste, de songer que le produit de son œuvre
sera le luxe de la femme aimée. J'en ai rêvé
une plus douce encore et plus pure; un cabinet de travail, silencieux et tranquille, où,
sous le rayonnement de la même lampe, un
aspirant à la fortune et à la gloire compose,
sans se presser, un ouvrage dont rien n'est
livré au hasard et dont le succès servira de
prélude à une brillante carrière. Sa femme
est là, à ses côtés, lisant, par-dessus son
épaule, la page commencée; si c'est un roman, un drame, un poème, il suffit de ce
doux visage pour exclure toute image grossière, pour que d'exquises délicatesses passent incessamment de ce cœur qui bat à cette
plume qui écrit. Lui, c'est le poète qui s'es-

saie; elle, c'est la poésie qui s'ignore, et l'in-
conscience de celle-ci devient l'inspiration
de celui-là. On ne se galvaude pas; on ne
s'expose pas à éventer son esprit dans le
brouhaha des fêtes, dans la foule des indif-
férents et des sots. On s'isole à deux dans sa
pensée; on se recueille, et on doit à ce re-
cueillement d'éviter cette déperdition de forces, un des fléaux de notre époque, qui explique pourquoi tant de fleurs se sont fanées
avant de s'épanouir, tant de fruits se sont
gâtés avant de mûrir, tant de talents se sont
ridés avant d'être jeunes!

La célébrité et la richesse viendront plus
tard. Pour le moment, on a l'amour et l'espérance : n'est-ce pas assez?

Et pourtant, malgré les conditions fâcheuses qui ont pesé sur la vie littéraire de Henri
de Pène, comme les *morceaux en sont bons!*
Dans ses articles innombrables, écrits aussi-

tôt que pensés, que d'idées ingénieuses, de
sentiments élevés, de vérités éloquentes!
Comme on sent que l'âme, la conscience, la
foi, les plus nobles facultés de l'homme,
restent intactes au milieu des précipitations
de l'esprit, ainsi que des aigles qui planent
au-dessus d'un champ de bataille! Dans les
moments de crise, quand il nous fallait atté-
nuer une faute, masquer une défaite, écarter
un péril, couvrir une retraite, Henri de Pène
prenait deux minutes de plus pour tailler sa
plume, et c'est sous cette plume vaillante
que nous avions à chercher le mot le plus
juste, l'appréciation la plus exacte de l'événement qui, pour la centième fois, décon-
certait nos illusions et ajournait nos espérances. Chose remarquable! au *Figaro*, au
Paris, au *Paris-Journal*, au *Clairon*, au *Gau-
lois*, ce croyant aura coudoyé toutes les va-
riétés du scepticisme le plus dissolvant et le

plus goguenard, auquel les apparences donnaient raison; et cependant, il ne cessa jamais de croire; lorsque sa foi royaliste n'eut
plus, pour se poser, qu'un tombeau, il força
ce tombeau de lui rendre l'objet de son culte.
Dans son beau livre intitulé : *Henri de France*,
il prouva que, sans avoir régné, Henri V avait
été roi plus que beaucoup de monarques
vieillis et morts sur le trône; la preuve, c'est
que, en disparaissant, il avait emporté dans
son linceul fleurdelisé l'idéal de la royauté.
Puis, pour mettre une harmonie de plus entre
son souverain et lui, il le suivit dans sa mort
comme il l'avait proclamé dans sa vie.

Un autre trait caractéristique, c'est que sa
langue resta bien française, tandis que bon
nombre de ses confrères et même de ses collaborateurs, sous prétexte d'infuser du sang
nouveau dans notre vieille langue, en faisaient une langue morte. Parlerai-je de ses

romans d'arrière-saison, *Trop belle*, *Née Mi-
chon*, *les Demi-Crimes*? On peut le dire, hélas!
aujourd'hui qu'il n'est plus là pour s'en attris-
ter : j'aimerais mieux qu'il ne les eût pas
écrits. Comme œuvres d'art, ils ne sont que
distingués ; ils ne sont pas supérieurs ; ils
n'ont pas laissé de traces. A un point de vue
plus sérieux, je n'y ai pas trouvé une réaction
assez énergique contre l'exécrable école qui
menace de tout envahir, de tout profaner,
même les sanctuaires littéraires qui devraient
lui être à jamais interdits. Trop de concessions! On dirait un assiégé qui, ne se voyant
pas secouru, se résigne à capituler. Je me hâte
d'ajouter, d'après un renseignement qui m'est
venu trop tard, et que je tiens de sa digne
sœur, tendrement dévouée à sa mémoire, que
les derniers chapitres des *Demi-Crimes*, qui
m'avaient consterné, ne sont pas de lui. Sa
main défaillante avait laissé tomber sa plume,

et le récit a été continué dans un sens et avec des détails qu'il aurait certainement modifiés. Nous pouvons donc ne nous souvenir que de sa fin si chrétienne, et de la lettre où, malade sans espoir, il fit d'un simple jeu de mots une pensée admirablement religieuse : « Après tant d'articles, celui que nous devons soigner le plus, c'est *l'article de la mort.* » Ce mot, depuis que je le connais, m'est toujours présent, à moi qui suis aussi un *articlier* trop surabondant. Il me semble qu'Henri de Pène me l'adresse encore du fond de sa tombe, — et j'ose dire que jamais allusion plus personnelle ne fut plus promptement saisie.

Mais, pour le moment, nous n'en sommes qu'à l'*Opinion publique* et à 1850. Henri de Pène avait vingt ans; je touchais à la quarantaine, et pourtant c'est lui qui aurait pu être mon mentor. Il avait soin, sans ombre d'affectation, de se tenir un peu à l'écart,

dans l'attitude correcte d'un jeune homme
qui se réserve. Je n'y mettais pas tant de façons, et c'est ici que mes *Confessions* doivent
prendre un caractère plus humble. Quelle
que fût la vivacité méridionale de mes opinions ou de mes sentiments légitimistes,
vous pensez bien que j'aurais trouvé moyen
de me dégager tout au moins de la part de
responsabilité que j'avais eu la sottise d'accepter. La vérité vraie, c'est que cette vie
m'amusait et me plaisait. Elle différait si
complètement de celle que j'avais menée
jusque-là, écrivant au hasard des pages pro-
vinciales pour des journaux de province,
dans une société peu lettrée et si peu artistique, que les acteurs, chanteurs et virtuoses
de passage avaient écrit sur leurs feuilles de
route : « Avignon ; ne pas s'arrêter, rien à
faire ! » réduit, pour mes soirées de théâtre,
à une troupe de troisième ordre, où la tra-

gédienne en vedette jouait Marguerite de Bourgogne avec un plumet tricolore, et, un soir, s'avançant vers la rampe, dit crânement au public : « Messieurs, un jeune homme de cette ville a eu l'audace de m'écrire une lettre d'amour. J'ai résisté à sa passion coupable (textuel); il a organisé une cabale pour me siffler. » Bref, pas un encouragement. Lorsqu'il m'était donné de réfléchir, je me disais avec une certaine amertume : « En vérité, c'était bien la peine de m'abîmer de travail, de me bourrer de grec et de latin pendant mes six ans de collège? A quoi m'ont servi mes prix de discours latin et français au concours général? Pitié, mille fois pitié ! »

Maintenant, jugez du contraste. Chose singulière! en fait d'encouragements, jamais je n'en reçus autant que durant mes trois années d'*Opinion publique*. Ma vanité littéraire, trop novice et trop peu blasée pour ne pas être

10

dupe des compliments de salon, était agréablement chatouillée, lorsque, en entrant, le soir, chez la duchesse de Rauzan ou la comtesse d'Andigné, j'étais félicité pour un article, probablement fort ordinaire, sur les *Confidences* ou le *Raphaël*, de Lamartine, les *Mémoires d'Outre-Tombe*, un volume de l'*Histoire du Consulat et de l'Empire*, ou *Notre-Dame de Paris*, d'après un mélodrame tiré du roman de Victor Hugo. Je profitais, à mon insu, d'une réaction dont le souvenir m'a complètement abusé après l'année terrible et la Commune, des rancunes de la société polie et de la bourgeoisie intelligente contre tout ce qui leur semblait expliquer comment les classes dirigeantes et les esprits cultivés s'étaient laissé surprendre sans combat par une poignée de factieux, de tribuns, de charlatans, de politiques d'estaminet et de culotteurs de pipes : situation unique, qui doit

tôt ou tard former un chapitre de notre histoire littéraire, qui me fait comprendre, par
exemple, que *la Samaritaine* et les *Lendemains de la victoire*, de Louis Veuillot, aient
pu paraître, en 1849, dans la *Revue des Deux
Mondes*, mais non pas que cette même société, si impitoyable contre Lamartine, ait
été si tendre pour Gambetta, et que ses
rigueurs à l'égard des exquises *Confidences*
se soient changées en gâteries (en pourri-
tures), au profit de *Nana* et de *la Terre* [1].

C'est la première fois que des joueurs,
ayant perdu la première manche et gagné
la seconde, se sont passionnément appli-
qués, les mains pleines d'atouts, à perdre la
belle!

---

1. Quelques journaux annonçaient hier, 17 novembre,
que 18 voix étaient assurées à M. Émile Zola pour la
prochaine élection académique. S'il faut les croire, puisse
cette élection être ajournée jusqu'au printemps! Puisse
mon grand âge me dérober à cette honte !

Dans un autre genre et un autre cadre, quelle aubaine, pour un échappé de province, de voir entrer dans nos bureaux des artistes tels que Ronconi, Lablache, Mario, Batta, Berlioz, Samson, Régnier, venant nous remercier d'un éloge bien senti ou nous demander notre publicité pour réclamer contre un camarade, un feuilleton ou un ministre! Car il est à remarquer qu'un artiste a toujours à se plaindre de quelqu'un ou de quelque chose. Quant aux billets de théâtre, j'en avais à ne savoir qu'en faire. Un jour, en rentrant, je trouvai, pour le soir, un fauteuil pour l'Opéra (*Stella ou les Contrebandiers*, Fanny Cerrito), un fauteuil pour le Théâtre-Français (*Gabrielle*, Régnier, Samson, Nathalie, madame Allan), une loge pour l'Opéra-Comique (*le Songe d'une nuit d'été*, Caroline Lefebvre, Couderc, Bataille), et, enfin, deux balcons pour le Palais-Royal (*le Club cham-*

penois, Levassor, L'Héritier, mademoiselle Duverger). Je donnai ces deux balcons à mon domestique, qui s'appelait Eugène.

Le lendemain, ma concierge, en m'apportant mon courrier, me dit avec effusion : « Ah! monsieur, que vous êtes bon, et quel service vous m'avez rendu! Eugène m'a donné les deux billets du théâtre du Palais-Royal; justement, je cherchais une récompense pour ma fille Léontine, qui avait fait sa première communion le matin... Comme cela s'est bien rencontré! »

Un frisson me passa par tout le corps. Il me sembla que j'étais auteur ou complice d'un sacrilège. Puis, pour me calmer, me souvenant de la parole divine, je me dis : « Dieu pardonnera... Elle n'a pas su ce qu'elle faisait!... »

Ces incidents bizarres, ces contacts perpétuels avec des artistes, ces anecdotes gau-

loises que nous apportaient les visiteurs en
quête de nouvelles et de commérages, les
scènes comiques que provoquait le vieux
Madier-Montjau, les dîners chez la mère
Morel pêle-mêle avec les hautbois, les clari-
nettes et les violoncelles des deux théâtres
lyriques, tout cela, c'était de la bohême, du
journalisme boulevardier. Ce fut, en effet,
une des fatalités de cette malheureuse *Opinion publique* : créée pour servir d'organe aux
intérêts les plus graves, aux vérités les plus
sérieuses, pour plaider correctement la cause
d'un prince qui maintenait à toute sa hauteur la dignité royale, elle déviait souvent
de ses origines et de son but, et tombait dans
des cancans de coulisses, dans des facéties
de vaudeville, dans des gamineries de rapins.
Même incohérence, même décousu dans le
personnel et dans la rédaction. A côté
d'hommes dignes de tous les respects, publi-

cistes éprouvés, vétérans blanchis sous le
harnais du royalisme, croyant que *c'était
arrivé* et que cela arriverait, nous avions
deux ou trois *loustics* du petit journal, enfants perdus de la littérature légère, scepti-
ques jusqu'aux moelles, précurseurs des
beaux-esprits du *Figaro*, du *Voltaire* et du
Gil Blas. Ils exposaient le brave Nettement
à de cruels déboires. Un jour, un créancier
grincheux vint faire une scène jusque dans
son cabinet, parce qu'un de ces messieurs,
ayant eu la fantaisie d'être officier de la garde
nationale, avait négligé de lui payer son
uniforme et ses galons. Un autre jour, nous
avions invité à dîner notre rédacteur en chef,
en lui promettant de ne pas faire d'*extra* et
de rester sérieux. On cause, on s'anime, on
rit, on échange des quolibets et des calem-
bours. Au dessert, un de nos jeunes volon-
taires demande deux bouteilles de vin de

Champagne, qui n'étaient pas dans le programme. Quand arriva le quart d'heure de Rabelais et de l'addition, nous le vîmes s'approcher du comptoir où trônait une grosse dame. Souriant d'un air vainqueur, il lui présenta un petit papier : c'était la quittance d'un abonnement de six mois à *l'Opinion publique*, qui devait, selon lui, payer les deux bouteilles de la veuve Clicquot. Sa proposition n'eut pas le moindre succès. La rude façon dont il fut rabroué par la grosse dame qui insista pour être payée en monnaie plus palpable et nous menaça de l'intervention des sergents de ville, le rire ironique des garçons, nous prouvèrent que, si nous espérions concourir à une restauration, nous n'étions pas populaires auprès des restaurateurs.

Il y avait aussi le chapitre des visiteurs, que l'on pouvait diviser en deux catégories :

les *intermittents* et les *permanents;* en tête
des premiers, le vicomte d'Arlincourt; en
tête des seconds, M. Madier-Montjau.

Quoi qu'on en ait dit, le vicomte d'Arlincourt, septuagénaire en 1850, avait eu son
moment en 1820, lors de la publication
du *Solitaire*. C'était grotesque, ennuyeux,
absurde, écrit dans une langue hétéroclite,
hérissée d'inversions qui devinrent légendaires et proverbiales. Le succès n'en fut pas
moins énorme. On put en signaler tous les
indices caractéristiques. Les éditions se mul-
tiplièrent dans des proportions qui feraient
sourire aujourd'hui les libraires de MM. Georges Ohnet, Émile Zola et Alphonse Daudet,
mais qui, sous le ministère Decazes, étaient
absolument exceptionnelles. Charles Monselet disait un jour à propos des divers de-
grés de popularité et de vogue : « Mes pauvres
amis, tant que nous ne sommes pas *Bœuf*

Gras, nous ne sommes pas grand'chose. »
J'ignore si le *Solitaire* eut les honneurs du
bœuf gras; mais il eut tous les autres. On
trouve encore ces deux petits in-18 dans toutes
les vieilles bibliothèques de campagne. Le
livre fut traduit en douze langues, ce qui fit
dire à un récalcitrant qu'il aurait fallu en
ajouter une treizième et le traduire en français. Il suggéra neuf pièces de théâtre, notamment un opéra-comique, musique de
Carafa, qui fut presque célèbre et resta longtemps au répertoire. On fredonnait : « C'est
le Solitaire, qui voit tout, qui entend tout! »
jusqu'en 1826, où il céda la parole à la *Dame
blanche :* « Prenez garde! la Dame blanche
vous regarde... la Dame blanche vous entend! » Son titre devint le nom d'une couleur
d'étoffe. Enfin, j'ai connu à Marseille, en 1854,
une intéressante famille où la mère, la fille
et la petite-fille s'appelaient Élodie, du nom

de l'héroïne ; ce qui supposait une admiration
et une fidélité de trois générations et de plus
d'un demi-siècle.

Si le vicomte d'Arlincourt était mort le
lendemain du *Solitaire*, il aurait pu sans
invraisemblance et sans ridicule croire à son
génie et à sa gloire. Il fit mieux : il eut l'esprit et l'agrément de vivre encore trente-six
ans, et de ne pas plus douter de cette gloire
et de ce génie que s'ils s'étaient maintenus à
la même température, du *Solitaire* à *Ipsiboé*,
d'*Ipsiboé* à *l'Étrangère*, de *l'Étrangère* au
Brasseur-Roi, et du *Brasseur-Roi* à *l'Herba-
gère*. De temps à autre, on avait la preuve
de cette naïve confiance dans le présent et
dans l'avenir. En 1847, Jules Sandeau, qui
n'était pourtant pas bien méchant, fit, dans
sa chronique de la *Presse*, allusion au fameux
Siège de Paris et cita les trois vers, peut-être
apocryphes :

Charles Martel s'avance avec vingt mille Francs...
Je suis sur la montagne, et j'aime à la vallée...
Mon père, en ma prison, seul à manger m'apporte.

On ne peut se faire une idée de la stupeur
de l'excellent vicomte. Il tomba littéralement
des nues où le maintenait son imperturbable
vanité. Chateaubriand n'aurait pas été plus
surpris si un iconoclaste avait manqué de
respect à Velléda ou à Cymodocée. Il écrivit
à Sandeau une lettre d'ailleurs fort polie où
il lui disait qu'il y avait de l'ingratitude dans
ses épigrammes, parce que *Marianna* et *Ca-*
therine avaient en lui un sincère admirateur...

Naturellement la révolution de Février
avait ranimé ses espérances royalistes. Elle
lui inspira deux brochures, *Dieu le veult!* et
Place au droit! qui ne pouvaient manquer,
selon lui, de rétablir Henri V sur le trône
de ses pères. Il vint nous les apporter. Ce
fut une réjouissance pour les *jeunes*, pour

le groupe des bohèmes et des boulevardiers. Le personnage était aussi curieux que les ouvrages et le style. Je n'ai vu que deux fois dans ma vie un faux toupet ramené sur le front et frisé comme une chevelure naturelle : le sien et celui de M. Charles Brifaut, membre de l'Académie française et auteur de *Ninus II*.

Sa vanité était si naïve qu'elle désarmait les mauvais plaisants. Il disait : « Lamartine et moi... j'étais là avec Chateaubriand. » Aussi généreux que vaniteux, lorsque madame la duchesse de Berry avait daigné accepter son invitation à son château de X... il avait payé cet honneur de la moitié de sa fortune. Quant à la légende d'après laquelle sa femme, par dévouement conjugal, achetait en bloc les éditions de ses œuvres au fur et à mesure de leur mise en vente, et à la douleur qu'il ressentit le jour où il retrouva dans

11

un grenier ces myriades de volumes que les
rats s'étaient seuls chargés de consommer, ce
détail n'a jamais été prouvé. Il m'avait confié
la mission de rendre compte de *Dieu le veult!*
et de *Place au droit!* A la seconde brochure,
ayant épuisé toutes les formules de la louange
et ne voulant pas recommencer, j'eus la fâcheuse idée d'écrire que l'illustre vicomte
était si éloquent, que le public ne lui en voudrait pas de se répéter, « parce que son éloquence *obtiendrait grâce* pour ces redites ».
Cet *obtiendrait grâce* faillit devenir un *casus
belli.* Il vint un matin trouver Nettement,
et lui adresser ses doléances. « Le vicomte
d'Arlincourt, disait-il, n'a pas besoin qu'on
obtienne grâce pour lui! » Nettement, rete-
nant avec peine une forte envie de rire, lui
répondit : « Je vous assure que son admiration est toujours la même. C'est qu'il aura
cherché une variante pour éviter de se ré-

péter. — Mais puisque je me répétais ! » répliqua le susceptible auteur de *Place au droit !*

Tout différent était M. Madier-Montjau, ou de Montjau, un de nos assidus, — je pourrais dire *quotidiens :* haut de six pieds, le visage rugueux, la charpente osseuse, une laideur plébéienne, corrigée par de grands yeux si expressifs qu'ils en étaient inquiétants. Celui-là offrait le type, non pas, comme M. d'Arlincourt, du troubadour oublié au pied d'une tourelle, mais du pêcheur repentant. Seulement, le pêcheur repentant n'est tenu à raconter ses péchés qu'à son confesseur, et M. Madier-Montjau les disait à tout le monde. J'ai parlé ailleurs de sa formule invariable : « Je demande pardon à Dieu et aux hommes d'avoir contribué à la révolution de Juillet... Heureusement, les nouvelles de la sainte reine des Belges sont meilleures. » — Dans ce cerveau un peu détraqué fermentait,

comme dans une chaudière, un curieux amal-
game : regret sincère d'avoir été un *libéral*
sous la restauration ; vif chagrin d'avoir vu
tomber le roi Louis-Philippe, qui l'avait fait,
je crois, conseiller à la cour de cassation ;
ardent désir d'assister à une réconciliation
définitive entre les deux branches de la maison de Bourbon, à condition, bien entendu,
qu'elle aurait lieu au profit de la légitimité
et du comte de Chambord ; culte pour la
pieuse Louise d'Orléans, reine des Belges ;
amitié passionnée pour M. Thiers ; avec tout
cela, malgré sa conversion, je ne sais quel
vieux fond de fédéré Nîmois, croyant aux
crimes de Trestaillons, persuadé qu'une
Terreur blanche avait, en 1815, inondé de
sang les bords du Gardon, — et toujours
prêt à sauter au plafond lorsque, pour le
taquiner, nous risquions l'apologie de Phi-
lippe II, de la Saint-Barthélemy et de la ré-

vocation de l'édit de Nantes. Il nous arrivait
exactement à quatre heures, avec sa provision
d'anecdotes, de *mots* tels que Paris en trouve
toujours un à chaque nouvel incident de la
vie publique (et même privée), de nouvelles
politiques, de *potins* parlementaires, d'échos
de la salle des Pas-Perdus. Puis il s'atten-
drissait, et s'écriait, comme dans les mélo-
drames de son temps : « Merci, mon Dieu!
mon roi m'a pardonné! » Je crois bien que
le comte de Chambord n'avait pas eu à faire
grand effort de clémence. Souvenons-nous
que le ridicule désarme les hommes d'esprit,
et que personne n'eut plus d'esprit que notre
Henri V.

Le lendemain du coup d'État, on vit M. Madier-Montjau errer dans les rues de Paris,
gesticulant comme un possédé, levant au
ciel ses longs bras télégraphiques, suppliant
les sergents de l'arrêter et de le jeter en prison.

Cette consolation lui fut refusée par les sbires de M. de Morny. Quelques jours après, à sept heures du matin, je le vis entrer dans ma chambre. J'étais encore couché. Il s'avança vers mon lit avec des allures de spectre. Il tenait dans ses mains une feuille de papier. C'était une protestation contre le *Crime de Décembre*, au nom des droits de Henri V. Il y avait là une émotion profonde, une éloquence communicative. Après une phrase encore plus frappante que les autres, je m'écriai très sincèrement : « Oh ! que c'est beau ! — Non ! ce n'est pas beau ! reprit-il en sanglotant : pas de compliments ! qu'on me rende mon roi ! »

Tout à coup, il aperçut à mon chevet un crucifix. Se jetant à genoux, il dit d'une voix entrecoupée :

— Mon Dieu, je vous demande pardon d'avoir contribué à la révolution de Juillet !

Puis il se releva, et sortit précipitamment.

La scène était peut-être comique; et pourtant, si ce diable d'homme était resté deux minutes de plus, il m'aurait vu verser une larme.

Les avertissements, les conseils et les remontrances ne me manquaient pas. Dans les premiers jours de janvier 1850, je vis arriver à Paris Louis de Guilh.., mon compatriote, mon camarade d'enfance et de jeunesse, un de mes amis les plus intimes, les plus fidèles et les plus chers. Tout avait contribué à faire de nous deux frères. Ses parents étaient, de longue date, très liés avec les miens. A la campagne, nos deux habitations se touchaient. On pouvait échanger une conversation par-dessus la haie de clôture, se saluer d'une fenêtre à l'autre, et, chose extraordinaire, ce voisinage, qui remontait à deux ou trois générations, n'avait jamais amené entre les deux familles un nuage, un accès de mauvaise humeur, un mouvement de susceptibilité, une querelle de limites, une piqûre d'amour-propre, un de ces détails qui rendent si drôles les premières scènes de la pièce de Labiche intitulée : *Un pied dans le crime*. On se transmettait, de père en fils, la clef qui ouvrait la porte de communication entre les deux jardins, et, à l'église du village, on s'asseyait indifféremment sur le banc de madame de G... ou sur le nôtre !

Louis et moi, nous étions nés à quelques mois de distance. Nous avions grandi dans cette atmosphère balsamique, toute de cordialité, d'affection et de bonté, sous le sourire de nos mères, la main dans la main, encouragés au bien par des exemples de piété et de vertu. Nous avions les mêmes goûts : la lecture, la musique, la chasse, les longues promenades sur nos coteaux embaumés de

thym et de romarin, pendant lesquelles Louis,
qui avait une belle voix de baryton, fredonnait les airs du *Comte Ory* et de *la Dame
blanche*, alternant avec les beaux vers de
Rolla, des *Feuilles d'Automne* et de *Jocelyn*. Quand nous arrivâmes à la vingtième
année, je m'aperçus d'une nuance qui rendait son amitié plus touchante. Il était intelligent, spirituel et réfléchi; il avait fait
d'excellentes études; il possédait au plus haut
degré l'esprit de conduite. Il aurait pu réussir
dans toutes les carrières. Il préféra un bonheur paisible que lui donna, quelques années
plus tard, une compagne digne de lui. Eh
bien, cette ambition qu'il n'avait pas pour
lui, il l'eut pour moi. Il s'attacha, dès mon
début, à ma littérature, lisant avec soin tout
ce que j'écrivais, ne me flattant jamais, ce
qui donnait à son approbation plus de prix;
me signalant mes faiblesses, m'éclairant de

11.

ses critiques, applaudissant à ce qu'il appelait mes progrès, m'encourageant de ses
pronostics, que j'ai bien mal réalisés. Il s'était
réjoui de mon admission à la *Revue des Deux-
Mondes*, comme d'un chevron en attendant
une épaulette. Quant à l'*Opinion publique*, il
ne pouvait en juger que par mes lettres, où
je lui cachais mes déceptions et mes ennuis.

Son arrivée à Paris fut pour moi une vraie
fête : dans mon aveuglement, je me figurais
que j'allais le charmer et l'éblouir en lui
prodiguant des fauteuils d'orchestre, en
l'amenant aux premières représentations et
en l'introduisant dans le groupe des rédacteurs du journal, de ceux surtout qui es-
sayaient de concilier les habitudes du boulevard et du café avec la défense du trône et
de l'autel.

Après quelques jours de ce régime échauf-
fant, Louis me prit à part et me dit : « Je

suis consterné : tu aspirais donc à descendre?
Je croyais te trouver en bonne voie de succès
sérieux et te voilà au milieu d'une bande de
farceurs, de viveurs et de bohêmes qui re-
nouvellent auprès de toi la fable *le Renard
et le Corbeau*... Ils vantent tes articles pour
que tu paies leur dîner. Ils te décerneraient
un brevet de génie si tu voulais désintéresser
leurs créanciers... Leurs compliments sont
autant de lettres de change tirées sur ta
bourse qui achève de s'aplatir à ce métier...
Car, si l'arithmétique avait le droit d'inter-
venir dans la littérature, le compte serait
facile à faire : d'un côté, un journal où tu
ne touches pas un sou ; de l'autre, des addi-
tions que tu paies neuf fois sur dix!... En
outre, dans ces conditions de travail et de
publicité, tu te gaspilles d'une manière déplorable... tu n'y étais que trop enclin!...
Au bout de dix ans de cette improvisation

au jour le jour, tu te trouveras n'avoir pas
écrit une page qui mérite d'être conservée ou
relue... Et puis, quelle société! quelle bigar-
rure! que sont ces prétendus légitimistes,
prédestinés non pas à ramener Henri V, mais
à expliquer pourquoi il ne reviendra pas?...
L'un est forcé de prendre un pseudonyme,
parce qu'il est employé dans un ministère;
un autre rédige les *Faits-Paris* dans un journal bonapartiste... Un troisième écrit des
quarts de vaudeville pour les Délassements-
Comiques... Un quatrième, qui nous conte
ses bonnes fortunes et qui a des bottes si
bien vernies, serait, je crois, bien embarrassé
de nous faire part de ses moyens d'existence...
Je le soupçonne d'être de la police; car, mon
pauvre ami, ne te fais pas illusion : de deux
choses l'une, ou le gouvernement ne daigne
pas se préoccuper d'un journal comme le
vôtre; — et cette sécurité n'a rien de flatteur;

ou il s'en inquiète; et alors il trouve moyen
d'introduire dans vos bureaux un joli poli-
cier, élégant, beau diseur, qui surprend vos
secrets en ayant l'air de vous raconter les
siens. En somme, quelle reculade! moi qui
te croyais en progrès! En attendant mieux,
je te prie de ne plus m'inviter avec ces messieurs... J'éprouve, dans ce milieu, un malaise d'autant plus pénible, que mon supplice
est de t'y voir!... »

Ce qui aurait dû me faire suivre ces sages
conseils de l'amitié la plus sincère et de la
raison la plus droite, c'est que, depuis quelque
temps, nous n'étions pas en veine. Les désa-
bonnements commençaient à pleuvoir; il en
est de l'abonné comme des oiseaux voyageurs
qui émigrent quand leur instinct leur annonce
le mauvais temps. Nettement avait été élu
dans le département du Morbihan, aux élections de mai 1849. Ses électeurs bretons le

considéraient comme un grand homme et s'étaient figuré qu'il allait prendre d'assaut la tribune, au risque d'en déloger Berryer. Après quelques mois d'hésitation prophétique, le pauvre Nettement, sollicité par les gros bonnets de Vannes, de Ploërmel et de Pontivy, crut devoir s'exécuter... Hélas ! ce fut une exécution, en effet, et elle fut atroce. Deux minutes suffirent pour changer le Capitole en roche Tarpéienne. De mémoire parlementaire, on ne se souvenait pas d'avoir assisté à un pareil *four*. Le *Journal des Débats* surtout, dont Nettement avait raconté l'histoire en des termes peu bienveillants, fut impitoyable. Il disait : « M. Nettement a parlé. Le bruit avait couru que cet orateur allait surpasser et effacer M. Berryer, que M. Berryer n'avait qu'à bien se tenir; à l'heure où nous écrivons, M. Berryer doit être rassuré. D'aucuns prétendaient que M. Nettement

allait nous rendre Bossuet : Bossuet était
sublime ; la distance n'est que d'un pas. »

Le grave journal, pour achever sa victime,
ne dédaignait pas de s'élever ou de descendre
jusques au calembour : « M. Nettement a été
phénoménal, amphigourique, grotesque, apo-
calyptique, incompréhensible ; il n'a pas
même parlé *nettement.* » Ce fut un de ces
désastres dont on ne se relève pas, et le ridicule rejaillit sur notre journal.

A quelque temps de là, il y eut à Paris une
élection qui fit un bruit énorme, et contribua
pour une bonne part à la loi restrictive du
31 mai, laquelle, à son tour, aggravant l'im-
popularité de la Chambre et habilement ex-
ploitée par les bonapartistes, ne fut pas
étrangère au succès du coup d'État. Comme
M. Devinck, chocolatier, rue Saint-Honoré,
fut seul à en profiter, les mauvais plaisants
prétendirent que cette loi devait être gravée,

non pas sur des tables de marbre, mais sur des tablettes de chocolat.

M. Eugène Sue se mettait sur les rangs, à titre de candidat socialiste. Le romancier favori des grandes dames et des *dandies* de 1840 publiait, en ce moment, par cahiers à 50 centimes, les *Mystères du peuple*, épopée de la hotte et de la boue, horrible récit où il faisait appel aux plus dangereuses rancunes des pauvres contre les riches, aux plus venimeuses passions des *partageux* et des communistes. Pour qui l'avait connu, dix ou douze ans auparavant, épris de *high-life*, membre du Jockey-Club, exagérant ses allures aristocratiques, étalant de fantastiques gilets au balcon du Théâtre-Italien, affichant pour la bourgeoisie un dédain de grand seigneur, la volte-face avait de quoi surprendre. Pourtant, à y regarder de près, l'écart était moins prodigieux qu'il n'en avait l'air. Dans les *Mystères de Paris*, le plus célèbre de ses ouvrages, qui, pendant dix-huit mois, passionna la ville et la cour, Paris et la province, Eugène Sue popularisa, je dirai presque *encanailla* l'antithèse, chère à Victor Hugo. Il la logea un peu partout, dans le palais du grand-duc, dans l'hôtel du noble faubourg, dans la mansarde de la grisette, dans l'atelier du rapin, dans la loge du concierge, dans les bouges du *tapis-franc*, dans le cœur de l'assassin et de la fille du trottoir. Dans ce pêle-mêle où il semblait toujours que la robe de bal venait de traîner dans le ruisseau, que le crochet du chiffonnier s'emparait des parchemins du marquis, que le gentilhomme allait signer de fausses lettres de change, que le Vincent de Paul du notariat était réclamé par la cour d'assises, que la duchesse sortait d'un rendez-vous accordé à un escroc, le bien et le mal, la vertu et le vice, perdaient leur significa-

tion véritable. L'honnêteté, qui est la bourgeoisie de l'honneur, était constamment
sacrifiée à un faux idéal, où le superflu ab-
sorbait le nécessaire, où l'héroïsme dispensait
de la probité, et qui n'était bon qu'à égarer
l'imagination aux dépens de la conscience.
On y ressentait une impression pareille à
celle qu'on éprouverait dans un bal masqué
où l'on ne connaîtrait personne. On ne sait
pas quels visages se cachent sous ces cos-
tumes. On se demande si Rosine est une
comtesse ou une fille de boutique, si Alma-
viva est un vicomte ou un commis de magasin, si Bertram est un sénateur ou un repris
de justice, si Figaro est un auditeur au conseil d'État ou un *bookmaker*, si Éliante est
une marquise ou une actrice de l'Ambigu.

C'est pourquoi M. Eugène Sue, corrompu
jusqu'aux moelles, sans autres principes que
son orgueil, sans autre morale que son bon

plaisir, devait, en se dégageant de son idolâtrie nobiliaire, tomber des hauteurs aristocratiques dans les bas-fonds populaires. Il avait tout frelaté : l'amour, l'innocence, la virginité, la religion, la vertu, l'élégance, le luxe, le prince, le noble, la patricienne, le pauvre, l'artiste, l'ouvrière, le prêtre, le jésuite, le crime. Il lui restait à falsifier la vertu chrétienne, le dévouement aux classes souffrantes.

Le personnel de la rédaction de l'*Opinion publique* eut l'idée de lui opposer un héros véritable, mais dont l'héroïsme datait déjà de deux ans et manquait de prestige. M. Leclerc aurait mérité d'être raconté par Plutarque, chanté par Pindare, ou, faute de mieux, d'être proposé par l'Académie française comme sujet de concours pour le prix de poésie, et de figurer dans le *Palmarès* de l'illustre compagnie. Au plus fort des journées de Juin, il se battait sur la barricade du Clos-Saint-

Lazare, contre les insurgés. Il avait amené
son fils, à peine âgé de vingt ans. Son fils
tombe à ses côtés mortellement blessé. Il le
prend dans ses bras, le charge sur ses épaules,
l'emporte chez lui, et revient au combat. Assurément, c'était plus beau, plus patriotique,
que d'avoir réhabilité le *Chourineur*, glo-
rifié la *Goualeuse* ou gagné cent mille francs
à l'aide d'infâmes calomnies contre les ordres
religieux. Malheureusement, l'héroïsme est
comme le café ; il veut être servi chaud : re-
froidi, on l'oublie ; réchauffé, on le dédaigne.

N'importe ! la lutte fut vive. Je m'y lançai
avec d'autant plus d'ardeur, que j'avais fait,
moi aussi, le coup de fusil sur cette barricade, et que l'héroïque épisode de MM. Leclerc père et fils avait circulé dans les rangs
de *la sixième du second de la première*. A ce
propos, je me souviens d'un détail qui prouve
que le caractère français mêle toujours un

grain de vanité puérile à une incontestable bravoure. Le soir de ce tragique 24 juin, presque tous mes compagnons d'armes arrivèrent au poste de la rue d'Anjou avec des tuniques tellement trouées, tellement lacérées, déchiquetées, effilochées, qu'il avait fallu de vrais miracles pour que l'épiderme que recouvraient ces lambeaux de drap n'eût pas reçu la plus légère égratignure. Le lendemain matin, mon domestique, jeune Vauclusien un peu nigaud, entra dans ma chambre avec ma tunique, parfaitement intacte la veille. Il me dit avec un sourire niais : « Monsieur l'a échappé belle ! Sa tunique est pleine de trous. » C'était si extraordinaire que j'aurais dit volontiers : « C'est unique ! » Je voulus m'assurer de ce phénomène... Hélas ! tous les trous étaient dans le dos !

Je dis à mon Maître Jacques : « Je te sais gré de ta bonne intention, et, pour ta récompense, je vais te donner une leçon d'histoire : le maréchal de Luxembourg aimait à dire : « Les » ennemis ne se sont jamais aperçus que j'étais » bossu. » Hier les insurgés ont eu tout le temps de s'apercevoir que je ne le suis pas. »

Je m'étais si bien *emballé* au service de la candidature Leclerc que je faillis commettre une forte bévue. Avant de débuter dans le roman, Eugène Sue avait fait une campagne en mer à titre d'aide-chirurgien de la marine. Un de mes confrères, aussi étourdi que moi, me dit que, dans un combat naval, il avait eu soin de se cacher à fond de cale. Je m'empressai de profiter de ce détail ; heureusement, mon excellent confrère, Albert de Circourt, qui avait été lieutenant de vaisseau, arriva à temps pour me dire : « Prenez garde ! Dans tout combat naval, la place des médecins et chirurgiens est à fond de cale. » Malgré tous nos efforts, nous fûmes battus à plate couture

comme devaient l'être, vingt-trois ans plus
tard, les électeurs de M. de Rémusat par ceux
de M. Barodet. Eugène Sue eut une majorité
de quarante mille voix. Ce triomphe ne lui
porta pas bonheur. A la Chambre, il resta
muet et n'eut aucune influence, même dans
son parti. Les *néo-montagnards* le trouvaient
trop élégant et trop musqué pour un ami
du peuple, et les républicains honnêtes et
modérés le regardaient comme trop dangereux pour l'admettre dans leur république
athénienne. Après le coup d'État, il se réfugia
en Savoie, à Annecy. Il tomba malade et
mourut à cinquante-six ans, soigné par le
citoyen Charras. Inutile d'ajouter qu'il refusa les secours de la religion et qu'il fut
enterré civilement.

Deux mois après, nous subîmes un échec
plus mortifiant, parce qu'il prouvait, une fois
de plus, que, quand nous sommes trop cer-

tains de gagner la partie, nous avons soin
de nous diviser pour la perdre. La députation
de mon département, toute légitimiste, perdit
un de ses membres. Aussitôt nos amis po-
sèrent la candidature de M. du Grail, propriétaire dans les environs de Roquemaure. Le
succès était sûr. Dire que M. du Grail jouis-
sait de l'estime universelle, ce ne serait pas
assez. Il était adoré des siens et vénéré de
tous les partis. Il offrait le type le plus parfait, le plus exquis du gentilhomme chrétien.
Sa réputation de loyauté, de vertu, de sagesse, de haute droiture, était si bien établie,
que, lorsqu'un différend se produisait entre
voisins, ils le consultaient et le prenaient
pour arbitre avant de plaider. Presque toujours, ils y gagnaient de ne pas plaider du
tout. Sa piété fervente ne faisait aucun tort
à son vif esprit, et, s'il regrettait que son
proche parent, Charles de Bernard, laissât

percer dans ses charmants récits quelques velléités de scepticisme, il n'en souriait pas moins quand on lui parlait de *la Femme de quarante ans* ou des *Ailes d'Icare*. « Si du Grail n'existait pas, il faudrait l'inventer, » disait notre cher et illustre baron de Larcy.

Le succès semblait donc hors de doute, quand tout à coup un bruit assez étrange arriva jusqu'à nous. Les *Bourgadiers* et les *Pas-Génés* voulaient avoir leur revanche. Pour se consoler de la mort récente de M. de Genoude, ils mettaient en avant la candidature de M. de Lourdoueix, son successeur dans la direction de la *Gazette de France*.

M. de Genoude avait été le sophisme fait homme. M. de Lourdoueix n'avait pas voulu déroger, mais avec une physionomie différente. Le sophisme, chez son prédécesseur, était plus militant; l'action ne lui répugnait pas, au contraire! Le sophisme, chez M. de

12

Lourdoueix, était plus byzantin. La pointe
d'une aiguille lui suffisait pour bâtir tout un
système politique, qui eût sauvé la France,
si la France l'avait lu. M. de Genoude était surtout un *articlier*, sauf à recommencer chaque
matin, pendant quinze ans, le même article.
M. de Lourdoueix était plutôt un *brochurier*.
Sa politique s'estompait volontiers dans la
métaphysique. Il brillait surtout par l'esprit
d'à-propos. En mars et avril 1852, lorsqu'il
fut bien avéré que le coup d'État avait réussi
et que l'empire était imminent, quand venaient de paraître les décrets qui dépouil-
laient les princes d'Orléans d'une partie de
leurs biens, et lorsque l'aigle prouva, par ce
haut vol, qu'il n'était pas empaillé, M. de
Lourdoueix publia dans la *Gazette* une vingtaine d'articles dont il fit plus tard une brochure, et qui étaient intitulés : « LES D'OR-
LÉANS, C'EST LA RÉVOLUTION ! »

Je n'eus l'honneur de l'approcher que l'année suivante, en 1853. Il me fit l'effet, avec sa rosette, d'un colonel de cavalerie en retraite. On parlait même de ses succès mondains, au temps heureux de sa jeunesse, où il avait dû être fort beau. Pour le moment, il était devenu l'heureux époux de madame Sophie Pannier, auteur de *l'Athée*, roman édifiant, et veuve d'un M. Pannier, pour qui les vendanges, je crois, avaient été bientôt faites. Par une singulière coïncidence, dans cette famille chère à Minerve, déesse de la sagesse, toutes les femmes s'appelaient Sophie.

Voilà l'homme que l'on opposait à M. du Grail, enfant du pays, dévoué à ses intérêts, au courant de tous les détails de son agriculture et de son industrie, grand propriétaire, populaire dans la meilleure acception du mot. Des efforts furent tentés auprès de M. de Lourdoueix, pour le décider à se désister. On lui prouva que sa candidature n'avait aucune chance, qu'elle ne servirait qu'à diviser les royalistes au profit du candidat républicain. Rien ne put vaincre son obstination. Ce qu'il y eut de curieux dans cet épisode électoral, c'est que le *Charivari*, que signait, à cette époque, un M. Léopold Pannier, prit violemment parti pour M. de Lourdoueix contre M. du Grail. Fidèle à sa méthode, il inventa un chevalier du Grail, possesseur de l'armet de Mambrin et du baume de Fier-à-bras, chevauchant à travers les plaines d'Uzès et de Remoulins, en compagnie de son écuyer Sancho, monté sur un âne. Ce n'était ni bien drôle ni bien méchant; seulement, grâce à cette division, le candidat républicain fut élu.

Maintenant, vous parlerai-je des diverses phases par où passa l'*Opinion publique* avant de disparaître? A quoi bon? Elle dépérissait.

Le coup d'État la força de rendre l'âme et la dispensa de rendre ses comptes. Le 30 novembre, elle était condamnée par défaut... d'abonnés et de numéraire. Le 4 décembre, elle fut exécutée[1]. Maintenant, quoique ma plume ne soit pas, hélas! une baguette de fée, je vais vous transporter auprès de l'homme le plus aimable, le plus poli, le plus exquis, le plus généreux qui ait jamais fondé ou dirigé une *Revue*: le marquis de Belleval. Si j'énumère ses perfections et s'il est prouvé par un exemple célèbre que les défauts diamétralement contraires font gagner des millions, je vous rappellerai que M. de Belleval, au bout de trois ans, ayant perdu quatre-vingt mille francs et attrapé une névrose, fut obligé d'abandonner son œuvre, et je vous laisserai le soin de tirer la conclusion.

Sans abuser du plus vulgaire des *clichés*,

1. Voir la note à la fin du volume.

on peut dire que, en mars 1852, le besoin se faisait généralement sentir d'une publication périodique, hospitalière, indépendante, sinon agressive, qui suppléerait aux journaux silencieux ou disparus, servirait de refuge aux naufragés du 24 Février et du 2 Décembre, et marquerait, au profit d'une légitimité désormais bien lointaine, un premier rapprochement entre les orléanistes *centre-droit* et les légitimistes intelligents. L'idée était d'autant plus séduisante, que la *Mode*, organe des châteaux et des hôtels du faubourg Saint-Germain, déshonorait, avant d'être tout à fait morte, sa lamentable agonie. Le vicomte Édouard Walsh l'avait cédée à un M. de J... qui nous apparut l'année suivante majestueusement assis entre deux gendarmes, sur le banc de la police correctionnelle. Sortie de ses nobles mains, elle venait de trépasser entre les bras d'un insolvable, ex-notaire de

province, forcé de vendre son étude, lequel,
pour mieux affirmer son royalisme, se pro-
menait sur le boulevard avec son fils, jeune
bambin de cinq à six ans, vêtu de blanc des
pieds à la tête, en costume complet de
chevalier du xvıᵉ siècle, — souliers à la
poulaine, bas de soie, pourpoint et chapeau
à plumes.

Pour des défenseurs du trône et de l'autel,
il était temps de changer d'atmosphère, et
certes l'excellent marquis de Belleval était
en fonds pour renouveler l'air. Ce fut à lui
qu'appartint toute l'initiative. Son âme loyale
et généreuse avait compris que, à la suite
du coup d'État, bien des plumes allaient rester oisives, et que, parmi ces plumes, il y
en avait qui faisaient vivre leur maître. Il
nous donna une soirée en habit noir, à
titre de prélude, et comme moyen de se
compter. Jamais je n'ai assisté à une réunion

aussi imposante. C'était vraiment le livre
d'or de la littérature et de la politique, la
traduction antidatée du *Gloria victis!* d'An-
tonin Mercié. M. Villemain, que j'avais connu
vingt ans auparavant, chez le docteur Double,
s'approcha de moi et me dit avec son sourire
vengeur : « Je plains le futur empereur, s'il
n'a, pour le servir, que ceux qui ne sont pas
ici. »

Songez donc! Guizot, Villemain, Salvandy,
Molé, Cousin, Rémusat, Falloux, Vitet, Ba-
rante, le duc de Noailles, Berryer, Paul Delaroche, Laprade, Léopold de Gaillard, Toc-
queville, etc., etc... un merveilleux état-major
où les moindres étaient colonels, où les plus
huppés étaient connétables !

Quelques jours après cette soirée de haute
lice littéraire, le phénix des marquis et des
directeurs offrit un dîner plus intime aux
écrivains qui allaient mettre immédiatement

la main à la besogne et dont la signature devait paraître dans les premiers numéros de la *Revue contemporaine* : c'est le titre que M. de Belleval lui donna, et il ne pouvait en choisir un meilleur.

J'étais au nombre des convives, avec Alfred Nettement, Philarète Chasles, Edmond Texier, Auguste Lireux, Paul Féval, Guillaume Guizot, à peine âgé de dix-neuf ans, Émile Augier[1], qui, tenant à prouver son indépendance et sa neutralité politiques, nous apportait sa comédie inédite des *Méprises de l'amour*.

Je n'ai plus rien à dire d'Alfred Nettement, sinon que le recueil périodique convenait

---

1. On lit dans l'édition de 1873, en tête des *Méprises de l'amour*, *comédie pastiche* (sic) : « J'ai écrit cette comédie immédiatement après *la Ciguë*. Une fois terminée, je la lus à quelques amis qui la condamnèrent à ne pas voir le jour, au moins celui de la rampe. Je la serrai docilement au fond de mon tiroir, où elle a dormi sept ans. Je l'en ai tirée il y a trois mois, pour la donner à la REVUE CONTEMPORAINE. » (Juillet 1852.)

mieux que le journal quotidien à l'ampleur
solennelle de son style. Philarète Chasles
disait de lui : « C'est dommage! il désire
ardemment une renaissance monarchique, et
il a un style de pompes — ici une pause, —
non, je me trompe, d'oraisons funèbres. »

Philarète Chasles a été une des physionomies originales de notre littérature. Avec
un fond énorme d'érudit, d'écrivain ingé-
nieux, de chercheur, de trouveur, d'*essayist*,
de semeur d'idées, une surface d'irrégulier
qui gâtait tout et pouvait servir de commen-
taire aux deux vers de Théodore de Banville :

Plaignez, mes chers amis, ce charmant Philarète
Qu'au seuil de l'Institut toujours un fil arrête !

Par malheur, le fil, un peu trop gros, n'était
pas, disait-on, d'une entière blancheur. Avec
trois fois plus d'étoffe qu'il n'en faut pour un
habit vert, Philarète n'est arrivé à rien, pas
même à l'Académie; pourquoi? parce que

le mot *considération*, qui remplit à lui seul
un hémistiche, lui avait paru trop long pour
entrer dans son dictionnaire. Sa critique pé-
tillante n'avait pas d'autorité, parce que sa
morale n'inspirait pas de confiance. Je n'ai
rien su de positif; mais il était clair que les
désordres de sa vie intime avaient fait tort à
sa vie littéraire, et que ses exemples discré-
ditaient ses leçons.

Je le voyais, ce jour-là, pour la première
fois. Il eût été difficile de fixer son âge. Il
pouvait avoir trente ans comme soixante.
Il se teignait la barbe et les cheveux. Mince,
sémillant et remuant, il prolongeait indéfini-
ment sa jeunesse; jeunesse artificielle, comparable à ces vieux mousquets qui finissent
par crever en faisant long feu. Le lendemain,
on me montra son fils Émile. Il semblait
plus âgé que son père.

Chasles, qui savait l'anglais comme le

français, nous arrivait avec une analyse très
spirituelle de *la Case de l'oncle Tom*, de
madame Beecher-Stowe, roman abolitioniste
négrophile et ennuyeux, qui eut encore plus
de succès en 1852 que n'en obtient, en 1889,
la Bête humaine, avec affiches assorties, par
M. Émile Zola, candidat à l'Académie française.

Qui se souvient aujourd'hui d'Auguste
Lireux? Notre nouvelle école a toutes sortes
de mérites; mais elle n'est pas gaie. Elle est
subtile, raffinée, sophistiquée, névrosée, hyp-
notisée, hystérisée, subjective, tour à tour
précieuse et ordurière. Lireux était la gaieté
même, la gaieté française ou gauloise, sau-
poudrée d'un grain de fantaisie. Il avait fait,
en collaboration avec Cham, *l'Assemblée nationale comique*, un vrai chef-d'œuvre, aussi
amusante pour les victimes que pour les
lecteurs, parodie charmante de la comédie

parlementaire, plus innocente et plus diver-
tissante que la véritable. Il possédait ou louait
à Bougival, un pavillon qu'il appelait *modeste
asile*. Là se renouvelaient les scènes les plus
joyeuses des romans de Paul de Kock. On y
était riche avec quatre mille livres de rentes,
et, si on n'avait pas de cabriolet, c'est que le
cabriolet n'est plus dans nos mœurs. Les
jeunes premiers de l'Odéon échangeaient le
classique habit noir contre la vareuse ou le
bourgeron du canotier. Clitandre, en belle
humeur, se faisait bon enfant pour marivau-
der ou batifoler avec Araminte, redevenue
grisette. Le menu était rédigé par Mimi Pin-
son. On dînait d'une omelette, d'une friture
de goujons et d'une salade. Les éclats de rire
et les bons mots remplaçaient le vin de Champagne et moussaient comme lui. Balthasar
abdiquait en faveur du roi d'Yvetot.

Lireux avait passé par les grandeurs directoriales. On sait et je crois avoir raconté ailleurs qu'il était directeur de l'Odéon lorsque Balzac y apporta les *Ressources de Quinola* pour lesquelles il demandait des têtes couronnées dans les avant-scènes, des princes de sang royal aux premières loges, des ambassadeurs, des ministres et des pairs de France aux premières galeries, et au parterre rien que des chevaliers de Saint-Louis. Plus tard, vers 1849, il s'était si plaisamment moqué du docteur Véron, que celui-ci, bonhomme au fond, se vengea en l'engageant au *Constitutionnel*, à titre de critique dramatique. Ceci amena un épisode assez curieux. Après l'élection du 10 décembre, Lireux, dans un accès de verve bouffonne, avait écrit dans le *Charivari* : « A présent que le prince Louis Bonaparte est élu président de la République, nous espérons qu'il va se débarrasser de son faux nez. » Peu de jours auparavant, il avait dit : « Qu'on lui donne un bureau de tabac, comme au neveu d'un ancien militaire, et qu'il n'en soit plus question. » Il n'en fallut pas davantage pour que, après le coup d'État, Lireux se crût poursuivi par tous les sbires de l'Élysée. Il se cacha sous les frais ombrages d'Asnières ou de Bougival ; il interrompit son feuilleton, et, comme les auteurs dramatiques sont toujours aux petits soins avec leurs critiques, l'intérim fut rempli pendant trois semaines par Émile Augier, Ponsard et Auguste Maquet. Le feuilleton d'Émile Augier était charmant ; celui de Ponsard, un peu lourd ; celui d'Auguste Maquet, illisible. « Ne forçons pas notre talent ! » Jules Sandeau se préparait à compléter le mois ; mais le futur empereur avait probablement à penser à autre chose qu'à son nez et à son bureau de tabac : Lireux ne fut pas inquiété.

Je devais retrouver Edmond Texier l'année

suivante, chez Joseph Autran, son ami intime.
Grâce à cette double intimité, je passai désormais avec lui une ou deux soirées par
semaine. Il me frappa d'abord par sa figure
farouche et fébrile. Chauve, de grands yeux
brillants dans un visage pâle et dévasté, de
fréquents accès de toux qui ne lui ôtaient
pas la parole, mais qui l'entrecoupaient.
Edmond Texier fut, lui aussi, une victime
de la copie à jet continu. Mais, quoiqu'il
écrivît dans *le Siècle*, on pouvait dire que
c'était pour le bon motif. Sa plume infatigable faisait vivre sa famille, composée de
cinq personnes : ses trois filles, sa femme et
une excellente belle-mère, qui ne disait pas,
comme l'héroïne des *Femmes nerveuses* : « Le
premier devoir d'une bonne mère qui chérit
sa fille est de détester son gendre. » Il offrait
de singuliers contrastes. Rédacteur en vedette du plus vulgaire des journaux voltai-

riens, c'est lui qui a dit ce mot charmant :

« Le châtiment de Voltaire est d'être le
Dieu des imbéciles. » — Il avait ses grandes
et petites entrées chez le prince Napoléon.
Un jour, nous descendions ensemble la rue
Richelieu ; il venait de me dire du second
Empire trois fois plus de mal que je n'en ai
jamais pensé. Arrivé devant le Théâtre-
Français, il me dit : « Je vous laisse, je vais
chez mon prince qui m'attend. » — Il semblait que notre cher poète dût lui survivre
longtemps. Autran possédait tout ce qui
peut prolonger la vie et la faire aimer ; le
bonheur intérieur, une compagne admirable,
une fille ravissante, une grande fortune, un
hôtel magnifique, des tableaux authentiques
et de premier ordre, et, après une attente
— un peu longue, j'en conviens — un fauteuil à l'Académie française. Presque toutes
ces conditions de bonheur ont manqué à

Edmond Texier, qui n'en a pas moins sur-
vécu dix ans à son poétique ami. Mais de
quoi m'étonnerai-je? Autran, plus jeune que
moi, est mort en 1877, et je suis encore
presque vivant.... Et pourtant!...

Il fallait quelques minutes pour s'accou-
tumer à ses gestes excessifs, à sa pantomime
exubérante, à sa voix tour à tour sourde et
éclatante. Après quoi on le trouvait ce qu'il
était, infiniment spirituel ; un esprit à tour
de bras tout en dehors, parleur plutôt que
causeur, peu épris des nuances, mais plein
d'une verve entraînante, irrésistible, rencontrant sans cesse d'heureuses trouvailles. A ce
dîner de M. de Belleval, il fut prodigieux, et
ce prodige s'est d'autant mieux gravé dans
ma mémoire, que j'y étais pour quelque
chose. Voici comment :

M. de Belleval, avec sa bonté et sa grâce
habituelles, m'exprima le désir de me voir

entreprendre pour la *Revue contemporaine*
un grand roman antirévolutionnaire. Je répondis que depuis bien des années, l'idée
m'en était venue en entendant Monrose dans
le *Mariage de Figaro* où il était incomparable. Cette idée me hantait, sans qu'il me
fût possible de lui donner une forme palpable. Je faisais naître mon héros le 27 avril
1784, jour de la première représentation de
la pièce incendiaire. Son père, tenant par un
lien quelconque à Beaumarchais, admirateur
fanatique de son ouvrage, obtenait de lui
qu'il servît de parrain à cet enfant dont la
naissance lui semblait une date prophétique.
Enthousiaste et borné, il se figurait que son
fils, né et baptisé sous ces auspices, recueil-
lerait le fruit des réformes propres à renouveler l'âge d'or, et deviendrait un grand personnage. C'était le prologue; le récit était
consacré à retracer, à travers les événements

et les catastrophes de la première moitié de
notre siècle, les illusions, les espérances, les
déceptions et les malheurs de ce filleul de
Beaumarchais. Seulement, arrivé au bout de
ce prologue, je perdais le fil de mon discours, je ne savais plus comment je pourrais
m'en tirer, et je sentais que la tâche serait
au-dessus de mes forces.

Alors, voilà Edmond Texier qui se lève,
et, après des effets de geste et de pantomime,
il déroule tout un *scenario* qui donne la vie
au squelette. Cet enfant dont le père meurt,
ce filleul que son parrain abandonne, est doué
d'une intelligence vive et précoce. Il a huit
ans, lorsque sa mère — une sainte femme —
le conduit au pied de la tour du Temple.
Grâce à la parole magique de ce merveilleux
improvisateur, on croit voir le roi et la reine
apparaître derrière les barreaux des fenêtres
pour écouter la plaintive romance de *Pauvre*

Jacques! Puis, en pleine Terreur, Pierre
(c'était le nom de Beaumarchais, et c'est tout
ce que le parrain a donné au filleul) se
heurte à la fatale charrette chargée des victimes de Robespierre. Il n'est encore qu'un
enfant, et déjà il dit à sa mère : « Maman,
est-ce pour cela qu'on a fait une Révolution? » — La scène change; il semble qu'on
entend le clairon, le tambour et le canon.
C'est l'aurore, c'est le Consulat, dont les
splendeurs sont déshonorées par le meurtre
du duc d'Enghien. Voici le fossé de Vincennes et la lanterne dont la lueur livide doit
guider les fusils des exécuteurs. Pierre, indigné, tient des propos imprudents. Il est
jeté en prison par la police de Bonaparte, et
il n'en sort qu'à la condition de s'engager
sous les drapeaux. Avant d'en sortir, il a le
temps de dire : « Mais à quoi donc a servi
de faire une Révolution? » Ce mot, il le ré-

13.

pétera à chaque nouveau mécompte.... Que vous dirai-je? En un quart d'heure, avec la vie, les illusions et les déceptions d'un seul personnage, Edmond Texier fit défiler devant nous 1814 et la première invasion, 1815 et la seconde, la chute des Bourbons, celle de Louis-Philippe, les journées de Juin, le coup d'État, et toujours reparaissait le refrain : « Mais à quoi donc a servi la Révolution? » répété une dernière fois, le 3 décembre 1851, par Pierre, devenu un vieillard et mourant sur un lit d'hôpital.

Edmond Texier eut un succès de stupeur et d'enthousiasme; quant à moi, j'étais transporté. Rentré dans ma chambre avec la fièvre, je passai la nuit à écrire. Il me semblait que, sous le feu de cette improvisation extraordinaire, je ne pouvais faire qu'un chef-d'œuvre... et, après quinze années d'incubation et de cristallisation, je fis le *Filleul de Beaumar-*

chais, qui n'a pas même eu besoin d'être oublié. Ce que c'est que de nous!

Le nom de Paul Féval, un de nos convives, me cause quelque embarras. Je ne me pardonnerais pas d'exprimer, au sujet du *grand converti*, un autre sentiment que l'admiration la plus respectueuse. Pourtant, après sa conversion, qui ressemble à une page de la *Vie des saints*, et dont on voudrait ne parler qu'à genoux, les yeux levés au ciel, le pauvre saint homme s'était entouré d'un groupe si étrange, qu'on ne peut se défendre d'une impression pénible en songeant au contraste de cette piété fervente avec ce manque absolu de sens commun. L'Église, ce divin modèle de sagesse, ne demande pas que, avant d'entrer chez elle, on fasse un tour à Charenton. Au surplus, pas n'est besoin d'une bien grande subtilité d'analyse pour expliquer l'un par l'autre le Féval de la pre-

mière et de la seconde manière. On a beau
se convertir, passer de l'indifférence au respect, du respect à la dévotion, on ne se refait pas ; le fond reste le même ; on apporte
à de nouveaux sentiments, à de nouvelles
règles de conduite, la même nature qu'avant
la crise bénie. Chez Paul Féval, l'imagination était la faculté maîtresse ; tellement maîtresse, qu'elle traitait les autres comme des
servantes, et souvent se donnait le plaisir de
les congédier. Eh bien ! lorsque le romancier profane est devenu l'écrivain ardemment
catholique, le congé durait encore, et, dans
des conditions différentes, il se renouvela sur
papier timbré. C'est ainsi que l'on peut comprendre qu'un homme de cette valeur ait
accepté l'encens, l'amitié, l'enthousiasme
et les hommages des absurdes personnages auxquels je ne ferai pas l'honneur
de les nommer. C'était déjà beaucoup

trop d'avoir l'air de les prendre au sérieux.

En avril 1852, au moment où Paul Féval nous apportait son roman des *Parvenus* pour la *Revue contemporaine*, il n'était encore que l'auteur fécond, trop fécond, des *Mystères de Londres*, des *Amours de Paris*, du *Fils du diable*, de la *Quittance de minuit*, etc., etc., en attendant sa déplorable *Madame Gilblas*, œuvre grossière dont n'avaient à se réjouir ni la littérature ni la morale ; récits qui marquaient déjà la décadence du roman-feuilleton, après l'âge d'or des *Mousquetaires*, de *Monte-Cristo* et des *Mystères de Paris* ; types de ces romans dont la place est au rez-de-chaussée des journaux, à la condition de n'en pas sortir ; dont les hommes sérieux, et à plus forte raison les directeurs de consciences, vous disent : « Ne lisez pas cela, ce sont de mauvaises lectures ; c'est du temps perdu », tandis que les lettrés de la vieille roche, les

esprits délicats, les femmes spirituelles et
mondaines, ajoutent : « Ce n'est pas assez
amusant pour avoir le droit d'être déraison-
nable, et ce n'est pas assez raisonnable pour
qu'on pardonne à l'auteur de ne pas être plus
amusant. » Le duc Victor de Broglie, par
exemple, si on lui avait demandé, vers 1855,
ce qu'il pensait de Paul Féval, aurait été tout
aussi étonné, tout aussi embarrassé de répondre, qu'il l'avait été vingt ans auparavant,
lorsque les hommes d'État les plus sérieux
de la sérieuse Angleterre lui demandèrent
sérieusement ce qu'il pensait de Paul de
Kock. Avec les qualités et les défauts (littéraires) de Paul Féval, sa loyauté bretonne,
sa droiture, son caractère expansif et généreux, on est un admirable président de la
Société des gens de lettres : on n'arrive pas à
l'Académie française.

L'éclatante conversion de Paul Féval, les

secousses de sa santé, la perte totale de ses
économies, et aussi, sachons le dire, l'empressement de quelques-uns de ses confrères
à se tailler une réclame dans une bonne
œuvre, et à ébaucher le plâtre d'une statuette
pour le plaisir d'en fournir le socle, révé-
lèrent un Féval tout nouveau, et ce fut à
son avantage. Le romancier à la toise tombait en ruines. Les directeurs de journaux,
marchands de soupe, ne se gênaient plus
pour lui dire que, s'il était chauve, ses po-
tages ne l'étaient pas assez. Chose trop rare !
ce qui le relevait aux yeux de Dieu, le releva
aussi aux yeux des hommes. De bons juges,
qui n'avaient pas lu une ligne de l'auteur du
Bossu, lurent les *Étapes d'une conversion* et
l'apologie des Pères jésuites. Ils y décou-
vrirent, à travers des incorrections et des
rugosités de style, une véritable éloquence,
une ardeur communicative, un je ne sais

quoi qui signifie : « Peu m'importe de vous
plaire ; ce que je veux, c'est vous convain-
cre ! » La foi, quand elle arrive à ce degré
d'intensité, très exigeante pour elle-même,
l'est aussi pour autrui ; ou plutôt, sachant à
quel point hésitent, en pareil cas, les âmes
ordinaires, elle leur demande le plus pour
obtenir le moins. C'est ce qui explique comment les *Étapes d'une conversion* contiennent
quelques notes excessives dont s'effrayèrent
des lecteurs sincèrement catholiques. La
question se réduit à savoir si, pour faire
réussir la propagande du bien, il faut le placer
à une hauteur que peu de gens peuvent
atteindre ou le rendre plus accessible. Cette
question délicate, quelle qu'en soit la solu-
tion, honore la mémoire de Paul Féval ; elle
prouve que, sur cette voie de perfection
chrétienne, il lui semblait que rien ne devait
nous être impossible, parce que rien ne

lui était difficile. Ses romans ne tarderont pas
à être oubliés. N'est-ce pas à peu près, sauf
trois ou quatre par siècle, le sort de tous les
romans ? Son nom vivra pour rappeler tout ce
que la vertu, la piété, la confiance en Dieu, l'appel aux célestes espérances dans le naufrage
de toutes les joies de ce monde, ont de plus
touchant, de plus consolant et de plus beau.

Émile Augier a été si bien apprécié ici
même [1] par mon cher et excellent collaborateur Victor Fournel, que je n'y reviendrais
pas si je ne me souvenais d'un détail qui
explique sa présence au dîner de M. de Belleval et se rattache à la publication, dans la
Revue contemporaine, des *Méprises de l'amour*.

Le 18 novembre 1845, j'assistai à la première représentation de l'*Homme de bien*, le
second ouvrage d'Émile Augier par ordre de

---

1. Ces pages ont paru dans le *Correspondant*.

dates. J'étais entouré de ses amis, notamment de Ricourt, de Meissonier, de Français (que j'ai eu le tort d'oublier parmi les habitués les plus aimables du salon de Jules Sandeau), du marquis de Belloy, de Penguilly-Lharidon, de Gérôme. Tous désiraient et espéraient un succès. Ce fut une demi-chute, on pouvait même dire une chute tout entière, malgré le talent de Samson, de Geffroy, et la verve d'Augustine Brohan, alors dans tout l'éclat de sa jeunesse, de son rire et de sa beauté. Le lendemain, j'étais chez Jules Sandeau, lorsque arriva madame Augier, la mère du poète; si j'avais prévu Paul Déroulède, je l'aurais appelée volontiers la grand'mère des Gracques. Naturellement, elle se faisait illusion sur le sort de l'*Homme de bien*. Elle croyait que la pièce se relèverait. « C'était l'opinion des comédiens, etc., etc... » En attendant, elle apportait le manuscrit des *Mé-*

prises de l'amour, et priait Sandeau de dire franchement, après lecture attentive, s'il conseillait de faire mettre en répétitions la nouvelle comédie. Sandeau fut d'un avis contraire, et il n'avait pas tort. Les *Méprises de l'amour*, que l'auteur intitulait *Comédie-pastiche*, se passent dans les régions intermédiaires où se plaisait la fantaisie shakspearienne, où se joue la comédie italienne, où s'amusent quelques-uns des jolis proverbes d'Alfred de Musset. Elles appartiennent au même genre, ainsi que l'indiquent les noms des personnages, Marfise, Lélio, Adraste, Silvia. Or, pour pouvoir impunément perdre pied sur la terre, il faut avoir des ailes, et Augier n'en avait pas. Sa muse était *pédestre*, et si on oublie que ce mot, dans Horace, signifie la *prose*, c'est que trop souvent ses vers donnent envie de répéter : « Que n'écrit-il en prose ? » avec Boileau.

D'ailleurs, dans les *Méprises de l'amour*, de jolis détails, une versification agréable et facile, ne suffisaient pas à racheter l'extrême ténuité de l'action. Cinq actes sur la pointe d'une aiguille ! Il faudrait que les actes fussent d'un tissu bien léger, et l'aiguille d'un acier bien fin.

En même temps que sa comédie, Émile Augier présenta au bon marquis de Belleval son ami Charles Reynaud, jeune poète d'un grand avenir, digne de toutes les sympathies, et à qui me rattache un souvenir personnel. En 1853, je le retrouvai à Vichy, où trônait, non pas encore l'empereur Napoléon III, mais le docteur Prunelle, directeur, médecin en chef, oracle et autocrate de l'établissement. Nous lui fîmes séparément la visite réglementaire, et il nous dit à tous deux : « Je ne vous conseille pas d'attraper, tous les hivers, une fluxion de poitrine. » — Ce

sage conseil me fit l'effet d'un emprunt de
M. Purgon au répertoire de M. de la Palisse,
et l'événement a prouvé que j'avais eu raison de ne pas m'en émouvoir. Il n'en fut pas
de même de Charles Reynaud, qui avait
pourtant, à ne consulter que les apparences,
des motifs pour se croire assuré, bien mieux
que moi, contre toute prévision sinistre. Cette
phrase l'avait frappé au cœur. Il y revenait
sans cesse pendant nos longues promenades
aux bords de l'Allier. J'avais beau lui dire :
« Mais, cher poète, cette phrase ne signifie
rien. Le docteur Prunelle me l'a dite à moi.
Nul doute qu'il ne la répète à toute sa clien-
tèle. Vichy compte, dans sa saison, huit ou
dix mille baigneurs. Il y aurait donc cet hiver, rien que parmi les buveurs de la source
de l'Hôpital, de la Grande-Grille et du puits
Chomel, huit ou dix mille fluxions de poitrine ! »

Cette année-là, on s'en souvient, le spiri-
tisme battait son plein, grâce aux tables tour-
nantes et aux têtes tournées. On évoquait
indifféremment Ravaillac et Gabrielle d'Es-
trées, Marion Delorme et Robespierre. Reynaud avait sa petite part de la superstition à
la mode, qui disposait au mystère du surna-
turel son imagination de poète. Il me répondait : « Ce n'est pas la même chose.... Le
docteur m'a dit cela en me regardant d'une
certaine façon.... Je suis sûr qu'il a le mauvais œil....

— Il a le mauvais œil, parce que c'est un
des hommes les plus laids que je connaisse.
A ce compte, maître Crémieux, dont la laideur est proverbiale, tuerait, rien qu'en les
regardant, juges, jurés, prévenus et huis-
siers... »

Je ne parvenais pas à le persuader. Hélas!
ses sombres pressentiments ne furent que

trop tôt justifiés. Trois mois après, on lisait dans un journal ami : « Il y a huit jours à peine, Charles Reynaud était plein de vie, de santé, de jeunesse. Tout lui souriait, la poésie, l'amitié, l'avenir, le succès, l'espérance ; presque riche quoique poète ; sans un ennemi, quoique plein de talent ! Aujourd'hui, tout cela est brisé, perdu, anéanti, foudroyé. Charles Reynaud est mort à trente-trois ans ! »

Émile Augier, à qui Charles Reynaud s'était dévoué avec une abnégation de caniche, lui consacra quelques strophes que je voudrais plus chrétiennes (pardon, je radote), mais qui révèlent, en assez beaux vers, une douleur et une amitié sincères :

Il expire au moment de vivre pour lui-même,
Comme si ses destins étaient assez remplis,
Aussitôt qu'il n'est plus utile à ceux qu'il aime
Et que ses dévouements sont tous bien accomplis.

Au dernier les bons ! J'ai gardé pour la

fin de ce dénombrement le plus jeune de
nos convives, Guillaume Guizot. Je voudrais
avoir un grand talent, une grande influence,
être célèbre et populaire, pour que mon
hommage eût plus de valeur et de portée.
Guillaume Guizot a-t-il plié sous le poids
d'un trop grand nom? La fatalité, qui choisit
ses victimes dans toutes les carrières, s'est-
elle acharnée contre cet esprit d'élite, par
cela même que ce nom rappelait tous les
succès de l'ambition, toutes les jouissances
du pouvoir, tous les triomphes de l'éloquence,
toutes les ivresses de la gloire? Il possède
tout ce qui fait réussir, le charme, la grâce,
le savoir sans ombre de pédantisme, le goût
du travail, le talent de la parole, tout, même
le mérite d'être digne de son père sans chercher à le copier. A vingt ans, il était couronné
par l'Académie pour sa belle et savante
étude sur *Ménandre*. L'Académie! Il me di-

sait récemment avec un mélange de juste
fierté filiale et de touchante modestie : « Il
m'a semblé que je ne devais songer à une
candidature académique que dix ans après
la mort de mon père. »

Guillaume Guizot était venu dans le département du Gard, auquel l'attachent des
souvenirs de famille, son mariage et le soin
de ses propriétés. Pour ne pas diviser les
conservateurs, — discrétion bien rare ! — il
était décidé à ne pas se présenter aux élections législatives. Il ne demandait à l'intelligent suffrage universel qu'un siège au conseil général pour le canton d'Uzès. Il a été
battu par un républicain, passionnément
hostile à tout ce qu'honorent les braves
gens.

La *Revue contemporaine* eut une lune de
miel charmante. Nous étions enchantés de
notre aimable directeur, qui avait toujours

14

une bonne parole pour nous encourager. Cet excellent homme était si persuasif, qu'il aurait fini par nous faire croire que nous avions du génie. De temps à autre, un *extra*, un article à sensation, apportait un nouvel élément de succès. C'était comme une bouteille de chambertin ajoutée à notre bon mâcon ordinaire. M. Vitet publiait, dans notre *Revue*, son beau travail sur le Louvre. M. Guizot nous donnait d'éloquentes pages, intitulées : *Nos mécomptes et nos espérances*, auxquelles le petit M. Paulin Limayrac, dressé sur ses ergots, répondait insolemment : « Vos espérances d'aujourd'hui seront vos mécomptes de demain. »

Les premiers nuages prouvèrent que le mieux est l'ennemi du bien et que, chez le directeur d'une *Revue*, les qualités peuvent devenir des défauts et réciproquement. A force de courtoisie et de bonté, M. de Belleval ne sut pas se défendre contre les influences fâcheuses qui lui firent accepter des articles ennuyeux. La prose de M. Viennet par exemple, l'*Histoire des conseils du roi* par M. de Vidaillan, ne pouvaient pas contribuer à faire du grand succès d'estime un succès de vogue et d'argent. Dès la seconde année, ne pouvant plus suffire à la besogne, et toujours enclin à juger d'autrui par lui-même, il eut la mauvaise idée de prendre pour associé un monsieur dont le nom m'échappe, qui était au plus haut degré un homme d'affaires et, qui pis est, un homme de Bourse. Celui-ci adopta la méthode contraire à celle de l'excellent marquis. Quelques jeunes écrivains plus ou moins boulevardiers eurent à se plaindre de ses rebuffades et se vengèrent à leur façon. La *Revue contemporaine*, qui, dans sa première phase, s'était appelée l'asile hospitalier des évadés de la

Revue des Deux Mondes, fut surnommée le refuge des refusés de l'altière *Revue*, et le surnom lui en resta. Au bout de deux autres années, saison de malaise et de déclin, M. de Belleval, en réglant ses comptes, s'aperçut qu'il était en *déficit* pour une somme de quatre-vingt mille francs, et que, à ce rude métier, il avait attrapé une névrose. Sa famille le supplia de s'arrêter sur cette pente, et, tout en regrettant son œuvre, il la céda pour rien à un de ses collaborateurs. Pourtant, pendant cette période transitoire qui nous mena jusqu'en août 1855, la *Revue contemporaine* eut encore quelques bonnes fortunes. Elle publia notamment les *Courbezon*, premier ouvrage de Ferdinand Fabre, qui pourrait bien être resté son chef-d'œuvre. Edmond About, *qui depuis..., mais alors...* lui fut présenté par Guillaume Guizot et nous donna quelques pages très spirituelles,

exemptes du venin anticlérical. Enfin, le
nouveau directeur eut l'honneur d'attirer à
lui M. Caro, qui n'était encore qu'un très brillant professeur de philosophie à Douai et
qui se plaça d'emblée parmi les moralistes
les plus éminents, réclamés d'avance par
l'Académie. Je me souviens même que, pour
avoir le plaisir de l'entendre, nous fîmes le
voyage de Douai, où nous accueillit la plus
cordiale hospitalité. J'assistai à une des leçons
du jeune professeur, qui n'avait alors que
vingt-neuf ans. Un public élégant se pressait à son cours, et je pus constater, quinze
ans plus tard, que les belles dames de Douai
avaient donné l'exemple d'un légitime enthousiasme aux illustres *Carolines* du faubourg Saint-Germain.

Le 9 août 1855, j'étais bien loin de Paris,
en pleines vacances, ne songeant plus à la
Revue contemporaine et aux servitudes de

14.

la *copie*, parcourant les montagnes et les
sapinières de la Loire, dans les environs de
Bourg-Argental, cueillant des airelles sans
me douter que ce minuscule fruit noir, que
ces airelles, sœurs des neiges, auraient l'honneur de figurer dans les beaux livres de
madame Swetchine, lorsque je reçus une
lettre de mon fidèle ami, Léo de La Borde.
Il m'adjurait de ne plus rien envoyer à la
Revue contemporaine, parce que le successeur
de M. de Belleval, après avoir probablement
murmuré le vers de Racine :

Mon innocence enfin commence à me peser.

avait passé au gouvernement.

Quelques jours après, le marquis de Belleval m'écrivit une lettre admirable. Peu s'en
fallait qu'il ne me demandât pardon !

Ma réponse fut datée d'une auberge de
Saint-Sauveur, où il était plus facile d'obte-

nir un civet de lièvre que des plumes et une écritoire.

La voici :

« Monsieur le marquis,

» Non seulement, il ne peut être question, entre nous, de pardon et d'excuses; non seulement, je garde fidèlement le souvenir de vos bontés, et saisirai toutes les occasions de vous témoigner ma reconnaissance, pour m'avoir rendu ma confiance en moi-même; mais, au risque d'être accusé de tiédeur, je dois vous avouer que le cas de votre successeur ne me semble nullement pendable, et qu'il est possible de plaider en sa faveur les circonstances atténuantes; il venait d'épouser une étrangère, qui, à ce titre, ne pouvait se passionner bien vivement sur la question de savoir si le comte de Chambord, qui, après neuf ans de mariage, n'a pas d'enfants—

et n'en aura pas, — se réconciliera avec les
princes d'Orléans, et si cette réconciliation
problématique ou ajournée ramènera enfin
la légitimité sur le trône. Elle lui a apporté
quelques capitaux, et, sans doute, au bout
du premier trimestre, elle s'est aperçue
que, si le budget des dépenses et des recettes
perdait de plus en plus l'équilibre, ces capitaux seraient vite épuisés. Elle lui a conseillé
de capituler, et il a suivi le conseil; si ce
n'est pas héroïque, c'est raisonnable.

» Remarquez, monsieur le marquis, que
cette capitulation ne lui fera perdre que
Nettement et moi, qui sommes engagés
d'honneur à ne pas déserter notre drapeau,
tout en ignorant si, dorénavant, ce drapeau
doit être blanc ou tricolore. Il conservera
Caro, qui ne peut rompre en visière au gouvernement de l'empereur. Philarète Chasles,
Edmond Texier, Lireux, Paul Féval, Ferdi-

nand Fabre, Edmond About, lui resteront.
Il pourra même s'annexer quelques con-
quêtes, Sainte-Beuve, Nisard ; dans le roman,
Léon Gozlan, Sandeau, Méry ; puis de bonnes
et fines plumes, telles que Théophile Gautier
et Paul de Saint-Victor ; sans compter l'im-
prévu... et LA SUBVENTION !

» Encore une fois, vous vous direz peut-
être que j'ai la manche bien large. C'est que,
depuis six semaines, je parcours un pays où
tout prêche le ralliement ou du moins la
résignation au fait accompli. Quand je dis
prêche, le mot est rigoureusement exact ;
car le clergé n'est pas le dernier à en donner
l'exemple. Des gentilshommes campagnards,
des marguilliers, des catholiques sincères et
même fervents, n'ont pas l'air de se douter
qu'il puisse y avoir un autre gouvernement
que celui de Napoléon III. Il leur paraît tout
simple d'accepter et, au besoin, de demander

l'écharpe municipale, le siège de conseiller
général, et même les bénéfices de la candidature officielle. Presque tous les matins,
je rencontre, dans les rues de Bourg-Argental,
le vénérable cardinal Donnet, archevêque de
Bordeaux, qui vient passer ses vacances dans
sa ville natale. Sénateur, optimiste, le teint
vermeil, le sourire sur les lèvres, bon con-
vive, simple et famillier avec ses compatriotes, il répète volontiers que le coup
d'État a été un bienfait de la Providence et
a arraché la France aux criminelles entre-
prises des socialistes et des communistes. Il
répond des bonnes intentions de l'empereur
à l'égard des catholiques, et des relations
amicales de Paris et de Rome. La piété de
notre jeune et belle impératrice, épousée par
amour, lui paraît une sûre garantie pour les
intérêts de l'Église.

» Vous voyez, monsieur le marquis, que

votre successeur à la *Revue contemporaine*
obtiendrait ici l'approbation générale. En ce
qui me concerne, ne vous inquiétez pas de
moi. S'il résulte de cet incident une halte et
une lacune dans ma vie littéraire, tant mieux !
Grâce à Béranger, au *Siècle* et au *Charivari*,
mon année 1855 a été très orageuse. Un peu
de repos me fera du bien. M. Guizot me conseillait, cet hiver, de faire un livre ; je ne
m'en crois pas capable, mais j'essaierai. En
attendant, je finis cette lettre comme je l'ai
commencée, en vous redisant que, pour moi,
le souvenir de le *Revue contemporaine*, insé-
parable de celui de son fondateur, restera
toujours synonyme de gratitude. »

Ceci se passait en août 1855. Six mois
après, en février 1856, le comte de Montalembert me fit le très grand honneur de
m'engager à collaborer au *Correspondant* ré-

généré, renouvelé, rajeuni et agrandi. Il y
a, de cela, trente-trois ans, — un tiers de
siècle, — et voilà que, au bout de trente-
trois ans, je me retrouve à cette même place,
cherchant vainement du regard ceux dont la
piété, le talent, l'éloquence, les écrits et les
exemples devaient nécessairement m'inspirer l'émulation du bien. J'étais heureux et
fier de redevenir soldat pour servir sous les
ordres de pareils chefs. Aujourd'hui, tous
ont disparu. La France, profondément per-
vertie, révolutionnaire, athée, corrompue
par la double complicité de l'impiété et du
vice, d'une politique ignoble et d'une littérature infecte, s'efforce sans doute de les oublier. Les peuples déchus, par un juste châtiment, sont condamnés à avoir honte de ce
qui fait leur gloire et à ne pouvoir songer
qu'avec un remords à leurs sujets d'orgueil.
Pour moi, ces hommes incomparables appa-

raissent d'autant plus haut que la société
moderne est tombée plus bas, d'autant plus
purs que nos politiciens sont plus vils. Montalembert! Augustin Cochin! Théophile Fois-
set! Armand de Melun! Falloux! Louis de
Carné! Perreyve! Charles Lenormant! Lacordaire! Dupanloup! Ravignan! Gerbet!
Vos noms bénis, vos noms illustres, doi-
vent-ils éveiller les images funèbres que la
mort offre à notre faiblesse? Je refuse de le
croire. Pour des hommes tels que vous, la
mort, c'est encore la vie; le deuil s'adoucit
par la foi; le regret s'éclaire d'espérance.
Aujourd'hui, en écrivant ces dernières lignes,
je ne vous demande pas de me protéger en
ce monde, — je ne suis plus de ce monde,
— je vous demande de prier pour moi le
Dieu de miséricorde et de bonté, afin qu'il
m'accorde la faveur de bien mourir.

2 décembre 1889.

15

IV

LE SUICIDE D'UN JOURNAL.
L'ASSEMBLÉE NATIONALE

(1853-1858)

Ces Souvenirs seraient incomplets si je ne consacrais un chapitre à l'*Assemblée nationale*, qui, par le fait, tint plus de place que l'*Opinion publique* dans ma vie littéraire. En effet, si énorme que soit le chiffre de mes volumes publiés par Michel et Calmann Lévy, je puis me rendre cette justice que je ne songeai à faire de mes articles des livres ou des semblants de livres qu'en 1853, à quarante-deux ans, et après ma première série de feuilletons dans l'*Assemblée nationale*. En dépit des compliments plus ou moins sérieux de certains salons du faubourg Saint-Germain, je fus sans pitié pour mes études sur *les Girondins* et le *Raphaël* de Lamartine, les *Mémoires d'outre-tombe*, *Notre-Dame de Paris*, l'*Histoire du Consulat et de l'Empire*, et bien d'autres pages éparpillées dans l'*Opinion* et dans la *Mode*.

L'*Assemblée nationale*, fondée par M. Adrien de La Valette, datait à peu près de la même époque que l'*Opinion publique*, c'est-à-dire du lendemain de la révolution de Février. Si je fais ce rapprochement au risque de me répéter, c'est pour rappeler un contraste qui aurait dû nous faire réfléchir. Alfred Nettement, tout entier à ses illusions légitimistes et à l'énergie de ses convictions politiques, avait voulu forcer la note, étiqueter sa polémique, mettre une cocarde blanche à chacun de ses articles et, pour tout dire, renchérir sur la fidélité proverbiale de l'*Union monar-*

chique, ci-devant la *Quotidienne*. Adrien de
La Valette, plus avisé, comprit que, dans la
bourgeoisie de Paris et même de l'immense
majorité des départements, la haine contre
la république de 1848 était surtout négative
et ne désirait pas encore mettre un nom en
tête de son programme. L'événement jus-
tifia ses calculs, comme il déjoua nos espérances. Au bout d'une année, l'*Opinion
publique* n'avait pu réunir plus de quatre à
cinq mille abonnés; au bout de trois semaines, l'*Assemblée nationale* en avait plus de
dix-huit mille, chiffre considérable pour
cette époque. C'est que l'un des deux journaux s'adressait exclusivement à un parti,
tandis que l'autre en groupait trois ou quatre
dans un sentiment unanime — et anonyme.
Mais, en janvier 1853, au moment où je
débutai comme causeur littéraire dans le
feuilleton de l'*Assemblée nationale*, la situa-

tion avait changé de face, et le journal avait
déjà perdu du terrain. Aussi, lorsque Léopold
de Gaillard y publia, avec un éclatant et
légitime succès, une série d'articles où il
prenait la défense de la restauration contre
le bonapartisme, le premier mot d'un sieur
Blaisot, très intelligent metteur en pages du
journal et frère d'un acteur du Gymnase
remarqué dans *la Poudre aux yeux*, fut pour
me dire : « Ah! pourquoi votre ami n'a-t-il
pas débuté chez nous dans le bon temps, en
collaboration avec M. de La Valette? » Ici,
pour ne pas en perdre l'habitude, je risque
une petite anecdote. Les articles de Léopold
de Gaillard étaient signés. Mais, comme
malgré ses brillantes luttes électorales à
Toulouse et à Avignon, ce nom n'était pas
encore connu à Paris, on y chercha le pseudonyme de tel ou tel illustre personnage.
L'engouement des salons s'en mêla, et des

noms célèbres furent prononcés. Pendant cette heureuse saison, qui fut, hélas! bien courte, nous déjeunions tous les jours ensemble. Un matin, je vois arriver un de mes parents, très royaliste, très aimable, très expansif, le marquis de B.... Je lui présente Léopold de Gaillard, en ajoutant qu'il est l'auteur des articles si remarquables et si remarqués de l'*Assemblée nationale*. Le marquis de B... court à lui, le saisit par le collet de sa redingote, et lui dit avec une sorte de furie méridionale : « Enfin, monsieur, je puis connaître le véritable auteur de ces articles qui nous font tant de plaisir et tant de bien. Je vois beaucoup de monde; je vous assure que ma visite à mon cousin ne sera pas perdue. »

On touchait au moment où l'empire allait être proclamé et où Napoléon III épousait la belle comtesse Eugénie de Montijo. La pro-

clamation de l'empire, l'enthousiasme quelque
peu factice des Parisiens, les fêtes du mariage, le prestige de la beauté, l'entraînement
du succès, l'inconséquence de la bourgeoisie
et du peuple de Paris qui s'amusent souvent
à renverser leurs souverains et, le lendemain
de leur équipée, se plaignent de ne plus
avoir de cour, tout cela formait un ensemble
de conditions bien peu favorables à un journal
tel que l'*Assemblée nationale*, que l'on savait
être l'organe des rancunes du parlement
emprisonné à Vincennes ou à Mazas, l'interprète de la plupart des derniers ministres de
Louis-Philippe et le trait d'union entre les
deux branches de la maison de Bourbon.
Pourtant elle se soutenait encore, et sa rédaction avait de quoi contenter les lecteurs les
plus difficiles. Le courrier de Paris était
rédigé par Amédée Achard, le feuilleton
dramatique par Édouard Thierry, la chro-

nique musicale par Adolphe Adam qui
mourut en 1856 et fut remplacé par Henri
Blaze de Bury sous le pseudonyme de Hans
Werner. Les questions qui touchaient plus
spécialement à la politique et à la philosophie étaient confiées à M. Nourrisson et à la
très bonne plume du malheureux Lerminier,
sur lequel il y aurait trop à dire pour que je
ne préfère pas un silence absolu, sauf pour
rappeler que l'auteur des deux phrases légendaires, sur l'abbé de Lamennais : « Il a le
goût du schisme, qu'il en ait le courage ; »
et, à propos de Grégoire XVI : « Il est temps
d'en finir avec ces Gérontes de la théocratie, »
eut le temps de se reconnaître, de se repentir,
et mourut très chrétiennement.

Lorsque l'amitié quasi fraternelle de Léopold de Gaillard m'eut introduit dans le
journal et que j'y fus chargé de la critique
littéraire, il ne resta plus que trois feuilletons

par semaine pour le roman. L'*Assemblée nationale* en publia quelques-uns d'assez remarquables. C'est là que débuta ou à peu près l'intarissable Ponson du Terrail, de qui j'ai suffisamment parlé à propos de l'*Opinion publique*. Barbey d'Aurevilly, qui n'était pas encore un chef de l'école des flamboyants, nous donna son chef-d'œuvre, l'*Ensorcelée*, qui s'appelait alors, si j'ai bonne mémoire, *la Messe de l'abbé de la Croix-Jugan*. Je ne suis pas suspect à propos du romancier de la *Vieille maîtresse* et des *Diaboliques*. Mais il y avait là une impression profonde de la nature normande, l'art de remuer les foules et de donner la sensation des rassemblements populaires en temps de guerre civile, qui mettaient cet étrange récit hors de pair, sans compter le caractère principal, qui suggéra à Paul de Saint-Victor l'épithète un peu exagérée de *figure dantesque*.

15.

Après Barbey d'Aurevilly, je ne veux pas oublier un romancier dont on ne se souvient plus guère, parce que sa carrière de conteur se perdit dans ses états de services militaires, le lieutenant-colonel, depuis général, de Gondrecourt. Il publia, presque coup sur coup, dans l'*Assemblée nationale*, *les Péchés mignons* et *le Bout de l'oreille*. A propos de ce brave officier, je veux conter encore une histoire. Michaud disait qu'il avait prononcé trois mots, et que ces trois mots lui avaient coûté mille écus. Je fis mieux : en novembre 1847, le monosyllabe *oui* me coûta trois mille francs : d'octobre à décembre, je publiai dans la *Mode* le premier volume des *Mémoires d'un notaire*, très supérieur aux deux autres, ce qui n'est pas beaucoup dire. Le libraire à la mode, au moins pour les romans que l'on publiait alors en volumes in-octavo, dits de *cabinet de lecture* (Char-

pentier n'avait pas encore créé sa bibliothèque qui fit une révolution dans la librairie), était un nommé Alexandre Cadot, éditeur de Balzac, de Dumas père, de madame
Sand, de Frédéric Soulié, des premiers
romans de Dumas fils, du marquis de Fou-
dras, de Roger de Beauvoir, et enfin du
colonel de Gondrecourt. Je rencontrai le
colonel dans une maison amie; il me parla
du premier volume des *Mémoires d'un notaire*
dans les termes les plus aimables, et me pro-
posa de me présenter à Alexandre Cadot.
« Il paye peu, mais exactement, » ajouta-t-il.
Je fus obligé de décliner son aimable proposition; la veille, j'avais déjeuné chez le
vicomte Édouard Walsh, qui était encore
directeur de la *Mode* et qui, tout en me féli-
citant de ce qu'il appelait mon succès, me
dit : « Il ne tient qu'à vous de faire une
bonne œuvre et deux heureux : l'imprimeur

et le metteur en pages de la *Mode*, tous deux
chargés de famille, seraient bien reconnais-
sants si vous leur accordiez la propriété de
votre roman. Ils l'imprimeraient en volumes
au fur et à mesure, ils n'auraient pas d'autres
frais que leur travail, et ils toucheraient les
bénéfices. » Je voulus me montrer grand et
généreux, comme il convenait à un *gentleman*, invité chez deux ou trois marquises ou
comtesses du faubourg Saint-Germain, et je
répondis *oui*. Voici comment ce *oui* m'a
coûté mille écus, sans compter beaucoup de
désagréments. Je venais de terminer ce
premier volume, lorsque éclata la révolution
de Février. Elle fut meurtrière pour la *Mode*,
qui ne vivait que d'une opposition élégante
à la fois et violente contre la monarchie de
Juillet et qui fut obligée, dès le premier
jour, de renoncer à l'écusson fleurdelisé de
la branche aînée des Bourbons. Le metteur

en pages et l'imprimeur s'étaient hâtés de
composer le premier volume ; et, pour aggraver la situation, ils y avaient ajouté à mon
insu *Napoléon Potard*. Ils vinrent me dire
d'un air navré qu'ils ne pouvaient plus continuer, qu'ils n'avaient pas de quoi acheter
le papier et payer les frais nécessaires, et ils
me supplièrent de me mettre en leur lieu et
place en me chargeant de tous les frais et en
recueillant les bénéfices. Ce fut une vraie
déroute ; le second et le troisième volume,
écrits après mon enrôlement forcé dans la
garde nationale, à la hâte, au hasard, à travers l'affolement des rappels, des émeutes,
des rassemblements continuels, des barricades, des nuits de corps de garde et, finalement, des sanglantes journées de Juin, ne
valaient pas le diable. Mes deux persécuteurs
n'en imprimaient pas moins, en faisant les
morceaux doubles, en s'inquiétant très peu

d'augmenter les frais, du moment qu'ils n'é-
taient plus à leur charge, et en m'appelant
plus que jamais *monsieur le comte*, ce qui a
toujours porté malheur à ma littérature.
Bref, le jour où ils me présentèrent l'addition, le chiffre rond était de trois mille francs.
Je m'exécutai tout en maugréant, et, pour
toute vengeance, je leur dis en exhibant mes
trois billets de mille : « Vous m'avez traité
en riche propriétaire, et vous ne vous êtes
pas trompés. Je possède aux bords du Rhône,
un beau jardin, cultivé par un habile jardi-
nier, et dont le terrain est spécialement favorable à la culture des légumes.... Eh bien, je
n'y ai jamais vu d'aussi magnifique carotte! »

Par une singulière coïncidence, le jour où
s'encadra ce quart d'heure de Rabelais fut
celui où se célébra, à Saint-Thomas-d'Aquin,
le mariage millionnaire du directeur de la
Mode. Je ne pus me défendre de réflexions

philosophiques et mélancoliques sur la façon
dont les partis s'y prennent pour enrichir les
uns et appauvrir les autres, et sur la fatalité
qui avait toujours soin de me ranger parmi
les autres.

Si je dis un mot des romans et des nouvelles que je publiai dans l'*Assemblée nationale*, de 1854 à 1856, — ce n'est assurément
pas pour me vanter, au contraire ! c'est pour
prouver qu'un critique, quand il veut rester
dans le vrai, doit se défendre de toute préoc-
cupation personnelle. Depuis deux ou trois
mois, on parlait d'une nouvelle pièce
d'Émile Augier et Jules Sandeau, destinée
au théâtre du Gymnase et dont on disait des
merveilles. Ils avaient une revanche à prendre. Leur *Pierre de touche*, jouée au Théâtre-
Français, était à peu près tombée, malgré le
talent des interprètes, Got, Provost, mesdames Allan et Madeleine Brohan. Leur nou-

velle comédie était d'abord intitulée *la Revanche de Georges Dandin*. Mon imagination
s'échauffa sur ce titre ; il me semblait que le
roman et le théâtre avaient usé et abusé du
type de gentilhomme ruiné, dissipateur et
libertin, prenant femme dans la bourgeoisie,
se faisant payer ses dettes, et ne cessant de
parler de haut à son beau-père, à sa femme,
et à leur entourage. Je rêvai une autre donnée, qui me parut à la fois plus originale,
plus moderne et plus vraie. Un industriel
millionnaire, trop riche et trop haut placé
dans le commerce parisien pour être traité
de parvenu, a une fille unique ; il a aussi une
fantaisie de nabab orgueilleux et généreux.
Il lui plaît de relever de ses ruines une famille de haute noblesse que le malheur des
temps a réduite à un état voisin de la misère
et qui habite dans le département de la Loire,
à deux lieues d'une de ses filatures, un châ-

teau qui ne sera bientôt plus qu'un amas de
décombres et un nid de hiboux. Cette mélancolique demeure est habitée par la vieille
marquise de Prasly et par son fils George,
jeune homme de vingt-huit ans, au cœur
chevaleresque, possédant au plus haut degré
le sentiment de l'honneur, qui n'a jamais
touché une carte, qui ne connaît aucun des
secrets du turf et du sport, et qui n'offre aucun trait de ressemblance, ni avec les Clitandre, les Eraste et les Dorante de l'ancienne
comédie, ni avec les viveurs, les gommeux
et les boulevardiers d'aujourd'hui. La proposition du riche industriel, que j'appelle
M. Durousseau, est transmise à George par
un tiers. S'il était seul, il refuserait ; mais il
craint toujours que sa mère ne soit forcée
par de nouveaux créanciers de quitter ce
vieux château qu'elle habite depuis sa jeunesse et où elle a connu des jours heureux.

Il consent ; il est présenté à la famille de son
futur beau-père, et il se trouve qu'Antoinette
Durousseau est exquise. Vous voyez d'ici la
situation. George, qui a constamment vécu
dans la solitude, dont le caractère est mélancolique et sauvage, qui vit comme les pauvres, surtout quand ils sont fiers, en perpé-
tuelle méfiance de lui-même et d'autrui, est
dépaysé dans cette opulente maison ; c'est
lui qui se sent l'inférieur au milieu de deux
ou trois cousins, membres du Jockey-Club
et propriétaires de chevaux de courses, dans
ce salon voué à toutes les élégances et où le
chef a réuni une douzaine de chefs-d'œuvre
de Meissonier, de Gérôme, de Jules Dupré,
de Millet, de Théodore Rousseau, de Decamps
et d'Eugène Delacroix. Le mariage a lieu
dans ces conditions un peu alarmantes pour
le marié, quoique la douce et pure physionomie d'Antoinette ait de quoi le tranquilliser.

Qu'arrive-t-il? C'est ce que je ne savais pas encore, lorsque, le 9 avril 1854, je m'installai au Gymnase dans mon fauteuil d'orchestre, après avoir passé devant l'affiche où *la Revanche de Georges Dandin* avait changé de nom et s'appelait *le Gendre de M. Poirier*.

Dès les premières scènes, je compris que j'en étais pour mes frais d'imagination ; que la pièce d'Émile Augier et de Jules Sandeau était jetée dans le vieux moule et que j'allais assister à la lutte entre un bonnetier enrichi, sot et grotesque, et un marquis que le chiffre effrayant de ses dettes avait poussé vers cet appareil de sauvetage. J'en ressentis une vague rancune, comme si les auteurs m'infligeaient un démenti. J'essayai d'opposer une secrète résistance à leur comédie, dont le succès allait croissant de scène en scène ; trois jours après, lorsque je rendis compte, dans la *Revue des Deux Mondes*, du *Gendre de M. Poirier* et de son succès, mes éloges mêlés d'objections et de réserves furent attiédis par une sorte d'amour-propre d'auteur ; il me semblait que, s'ils avaient adopté mon idée, devenue presque une idée fixe, ils auraient réussi avec encore plus d'éclat et encore mieux mérité les suffrages de la bonne compagnie. Et pourtant, j'étais alors l'ami intime de Jules Sandeau et dans les meilleurs termes avec Émile Augier. Il m'a fallu du temps pour m'apercevoir que *le Gendre de M. Poirier*, en somme, est le chef-d'œuvre du théâtre contemporain. Seulement, afin de ne pas en avoir le démenti, j'écrivis pour le feuilleton de l'*Assemblée nationale*, sous le titre d'*Envers de la comédie*, une nouvelle conçue d'après mon programme, si parfaitement honnête, qu'elle ne fit pas parler d'elle.

Je voudrais maintenant passer rapidement en revue le personnel du journal, dont je n'ai cité que quelques noms : M. Mallac d'abord, notre directeur, nature de créole, passionné et mobile, tour à tour ardent et nonchalant, plein de contradictions et d'inconséquences, séduisant dans un salon, mal à l'aise dans son cabinet directorial. Sa figure, en 1853, était encore charmante. Il y avait en lui du héros de roman plutôt que de l'écrivain politique. Ses relations mondaines l'occupaient au point de faire tort à ses fonctions de rédacteur en chef, auxquelles il apportait un mélange d'insouciance et de despotisme, et surtout une inégalité d'humeur peu faite pour lui attirer l'affection de ses subordonnés. La situation particulière de l'*Assemblée nationale*, compromise même par son titre et plus désagréable au nouveau gouvernement que le *Siècle* ou l'*Union*, nous forçait, chaque matin, à redoubler de prudence. La constitution de 1852 suspendait

sur nos plumes fusionnistes une foule
d'épées de Damoclès sous forme de com-
muniqués et d'avertissements, et le fil qui
retenait ces épées au plafond du ministère de l'intérieur était d'une telle ténuité,
que l'on frissonnait en songeant que notre
existence tenait à ce fil. Nous avions déjà
fait connaissance avec *le Monsieur en habit
noir*, qu'Amédée Achard appelait *l'Ange de
la mort* ; mystérieux personnage aux allures
froides et correctes, qui, d'une voix douce
et persuasive, nous conseillait de ne pas
avoir d'esprit. Remarquons, en passant, que
ce conseil désintéressé et charitable produisit
exactement le contraire de ce qu'en attendait
le nouvel empire. Il fit naître l'école dont
Prévost-Paradol et Arthur de Boissieu, pour
ne citer que deux noms, furent les modèles
les plus exquis, et qui aurait peut-être suffi
à renverser Napoléon III, si, pour faire ap-

précier tous ses mérites, elle n'avait eu besoin d'un auditoire presque aussi spirituel
qu'elle-même. Ce fut, par excellence, l'école
des sous-entendus, des prétéritions, des allusions, des réticences. Ce qu'elle disait tri-
plait la valeur et le sens de ce qu'elle était
obligée de taire. Elle réussissait à tirer parti
de tout, d'un point, d'une virgule, d'une
parenthèse, et c'est en son honneur que s'ac-
crédita la phrase, aujourd'hui vulgaire :
« Savoir lire entre les lignes. » Ses malices
félines faisaient patte de velours; ses épigrammes auraient effeuillé une sensitive
sans la faire souffrir; elle rachetait par la
finesse, l'ingéniosité, la délicatesse et la
grâce, les qualités d'énergie et de vigueur
qu'elle était forcée de sacrifier. Il est si vrai
que le conseil du Monsieur en habit noir lui
rendit service, que les deux noms que je
viens de citer peuvent être mes témoins.

la chute de l'empire, Prévost-Paradol cessa
d'exister et Arthur de Boissieu ne sut plus
que faire de son esprit.

Quoi qu'il en soit, pour éviter les imprudences, j'allais souvent, vers onze heures du
matin, consulter M. Mallac, qui habitait un
entresol dans le majestueux hôtel numéro 52
de la rue de l'Université. Cet homme aimable,
trop aimable, excepté pour deux ou trois de
ses rédacteurs, était un composé de contrastes. Intimement lié avec Louis Veuillot,
qui passait pour l'avoir converti, pénitent
du R. P. de Ravignan, à qui il me présenta
et de qui j'ai gardé un profond souvenir, il
n'en était pas moins, comme directeur de
l'*Assemblée nationale*, le délégué et l'interprète des anciens ministres de Louis-Philippe, surtout de M. Duchâtel, qui l'avait
choisi dans le temps pour son chef de cabinet. MM. de Falloux, de Salvandy, de Va-

limesnil, le duc de Noailles et le comte Molé comptaient aussi parmi les patrons de notre journal, qui n'en était que plus menacé. A propos de Louis Veuillot, je ne sais si je dois répéter le joli mot qui circula dans les salons, qui est resté, et qui a été redit un peu partout. Il dînait chez la comtesse de B... à côté d'une dame qui n'était pas très au courant des chefs-d'œuvre de notre littérature. Mallac était au nombre des convives. Elle demanda à son voisin de table qui était ce si joli monsieur. — « Vous ne le connaissez pas? répondit-il, c'est le fils de Paul et de Virginie ». La dame se le tint pour dit.

Au-dessous de Mallac, je dois un mot de souvenir à M. Amédée Pellier. Il avait la tournure, la physionomie et la tenue d'un pair d'Angleterre, et, avec cela, un goût trop vif pour les petits verres et une pauvreté si absolue, qu'elle faisait pour lui du journa-

16

lisme une servitude et un supplice. On pouvait le voir tous les jours vers midi devant le perron de Tortoni, vidant son carafon d'eau-de-vie avant de se rendre rue Bergère. Quoiqu'il ne fût plus jeune et que sa figure très distinguée s'encadrât dans des cheveux blancs, il avait l'air d'un écolier en vacances ou en rupture de bancs, les jours de grande fête où le journal ne paraissait pas.

Son *métier* lui faisait tellement horreur (je n'ai jamais su pourquoi), que, un matin du mardi gras où je le rencontrai sur le boulevard et où je lui dis que j'allais aux bureaux où j'avais oublié un livre, il me dit, en me regardant comme une bête curieuse : « Quoi ! nous sommes pendant un jour entier dispensés de retourner dans ce lieu maudit, et vous n'en profitez pas ! »

Son collaborateur Letellier était d'une nature toute différente. Beaucoup plus com-

mun, un sourire spirituel et narquois, des
yeux vifs sous de larges lunettes, l'air d'un
professeur de sixième plutôt que d'un journaliste. Ce qu'il y avait de pire dans son
fait, c'est qu'il passait pour avoir des accoin-
tances avec la police. Je n'ai jamais voulu
approfondir cette rumeur fâcheuse ; seulement, ce que je dois constater, c'est qu'après
chaque crise qui nous valait un avertisse-
ment ou un *communiqué*, Letellier dispa-
raissait pour cinq ou six semaines.

M. Binard était le financier de la troupe ;
il portait beau, étalait du linge fin, et soi-
gnait sa toilette. Le seul souvenir que j'aie
gardé de lui, c'est le procédé qu'il employait
pour multiplier les abonnés de l'*Assemblée
nationale*, qui se raréfiaient chaque année.
Il entrait chez un restaurateur du boulevard,
commandait un dîner fin, et demandait au
garçon l'*Assemblée nationale*. Si le garçon

répondait : « Monsieur, elle est en mains »,
il prenait un air souriant et ajoutait à son
menu une bouteille de vin de Champagne. Si
le garçon répondait : « Monsieur, nous ne
l'avons pas », M. Binard repliait sa serviette,
se levait sans mot dire, et sortait après avoir
passé devant la dame du comptoir stupéfaite,
avec la majesté d'un souverain à qui l'on
vient de manquer de respect.

J'ai hâte d'arriver à ceux que j'appellerai
mes vrais collaborateurs, c'est-à-dire qui
partageaient avec moi les honneurs du feuilleton. J'ai peu connu d'hommes plus aimables qu'Amédée Achard ; trop aimable
peut-être, car, bien qu'il eût ses grandes et ses
petites entrées à la *Revue des Deux Mondes*,
la grâce de sa personne et l'élégance de ses
manières avaient accoutumé les confrères
grincheux à traiter sa littérature comme si
elle manquait de fond et de solidité. Ses dé-

buts remontaient au fameux voyage en Espagne lors du mariage du duc de Montpensier en 1846. Le journal l'*Époque* venait de se fonder, à grands renforts d'annonces, de réclames, de grosse caisse, et même de promenades sur le boulevard où figurèrent en costume les personnages du *Fils du Diable*, roman presque célèbre de Paul Féval. Dans ce groupe de bons vivants, qui avaient à leur tête les deux Alexandre Dumas et où le futur auteur du *Demi-Monde* n'était encore qu'un gamin extrêmement spirituel, il y avait plus de verve que de bon sens, plus d'entrain que de tenue. On faisait des mots qui arrivaient jusqu'à Paris et amusaient les foyers de théâtre et les boulevards. Ainsi, à une course de taureaux, Dumas fils qui avait demandé un verre d'eau fraîche le rendit au garçon sans y toucher, en lui disant : « Portez ce verre au Manzanarès ; cela

16.

lui fera plaisir. » Ces messieurs avaient plutôt l'air de bohèmes qui profitent d'un
voyage pour se mettre la bride sur le cou
que de littérateurs sérieux, faisant cortège à
un fils de roi venant épouser une fille de
reine. Comme l'opposition encore très vive
ne demandait qu'un prétexte, et comme on
savait que Dumas père était un cuisinier de
mérite, un journal écrivit : « Cette bande
n'a besoin de personne pour la servir.
M. Dumas père fait la cuisine, son fils balaie
les chambres, M. Vacquerie boucle les
malles, et tous ensemble font les paillasses. »
N'importe ! Amédée Achard envoya au
journal l'*Époque* des lettres remarquables
signées Grimm ; ce fut son début ; il ne
tarda pas à être admis au feuilleton de la
Presse ; et, plus tard, ses deux romans, *la
Robe de Nessus* et surtout *Maurice de Treuil*,
obtinrent un véritable succès. Mais je n'in-

siste pas, parce que je me suis interdit
dans ces *Souvenirs* tout ce qui pourrait me
faire verser dans la critique littéraire, dont
je n'ai que trop abusé. J'aime mieux raconter une toute petite anecdote, caractéristique dans un coin de la bourgeoisie parisienne.

Amédée Achard avait épousé une femme
charmante, veuve d'un avoué ou d'un notaire. Elle recevait tous les mercredis, et
j'étais un de ses habitués. Un jour, elle
avait tant de monde dans son salon, qu'une
conversation générale était impossible. Je
causai avec une femme de trente-six à quarante ans, dont je n'ai jamais su le nom,
qui me parut spirituelle, distinguée, éprise
de poésie et de musique. Je passai un mois
sans retourner chez madame Achard. Quand
je la revis, elle me dit : « Vous souvenez-
vous de cette dame avec laquelle vous avez

eu le mois dernier une longue conversation ?
Elle a éprouvé un effroyable malheur ; elle a
perdu son mari. Ce qu'il y a de plus cruel,
c'est que c'était le second, et l'on n'aime bien
que celui-là. » Puis, me voyant un peu inter-
loqué, elle se reprit et ajouta : « C'est que,
dans nos familles, ce sont nos parents qui
choisissent notre premier mari, et c'est nous
qui choisissons le second. »

J'ai peu de choses à dire d'Édouard
Thierry, qui, Dieu merci, vit encore. Il ne
tarda pas à nous quitter pour le feuilleton
du *Moniteur universel*; ce qui le conduisit à
l'administration du Théâtre-Français. Fin
connaisseur en matière de théâtre, dont il
s'était occupé depuis sa première jeunesse,
il avait été d'abord avec Auguste Lireux,
dont je vous parlais l'autre jour, rédacteur
du *Messager des théâtres*, qui prit violemment parti pour Ponsard contre l'école ro-

mantique. Sa direction débuta par un très
vif succès, le *Duc Job* de Léon Laya, admirablement joué par Got et Provost, et qui ne
porta pas bonheur à son auteur. Il se per-
suada qu'après un pareil triomphe et avec
son nom académique, il allait arriver d'emblée à l'Académie française ; sa candidature
n'eut pas de suites, et, après deux ou trois
chutes, le malheureux Laya se brûla la cer-
velle. La belle époque de la direction Thierry
fut marquée par la brillante et discutable tri-
logie d'Émile Augier, *les Effrontés, le Fils
de Giboyer* et *Maître Guérin*. Plus tard, à
l'exposition de 1867, la reprise d'*Hernani*
prouva que Napoléon III était un tyran
assez débonnaire ; Thierry eut aussi l'honneur de remettre en scène quelques-uns des
plus jolis proverbes d'Alfred de Musset. Il
fut remplacé, au feuilleton théâtral de l'*Assemblée nationale*, par Robillard d'Avrigny,

atteint déjà de la maladie dont il mourut peu de temps après.

Adolphe Adam a été trop populaire pour que je prétende vous apprendre à son sujet quelque chose de nouveau. Cet excellent homme, au lieu de se contenter des succès du *Chalet*, du *Postillon de Lonjumeau* et du *Brasseur de Preston*, avait eu la fâcheuse idée de se faire, à ses risques et périls, directeur d'un premier Théâtre-Lyrique, boulevard du Temple. Il venait de faire jouer avec succès le *Gastibelza* d'Aimé Maillart, lorsqu'il fut foudroyé, comme bien des gens, par la révolution de Février. Toutes ses économies y avaient passé, ainsi que l'argent de bon nombre de ses amis. Adolphe Adam aurait pu alléguer le malheur des temps; il paya ses créanciers jusqu'au dernier centime, au risque de vieillir et de mourir sur la paille : c'est ainsi qu'en 1853 il s'était chargé, pour un modique traitement, du feuilleton musical de l'*Assemblée*. Comme Amédée Pellier, Letellier, Robillard d'Avrigny et Mallac lui-même, il était de ceux à qui leur besogne déplaît et qui ne l'acceptent que sous le joug de la nécessité. Pourtant, il faut lui rendre cette justice que ce fond de contrariété permanente et de mauvaise humeur n'influait en rien sur ses appréciations musicales. Même, un pessimiste aurait pu se plaindre que cette prodigalité d'éloges adressés à Ambroise Thomas, à Auber, à Halévy, à Clapisson, à Victor Massé et à Grisar, sentît quelque peu la camaraderie et fît songer à une société d'admiration mutuelle. C'est l'inconvénient de la critique musicale confiée à un compositeur célèbre. Il y met plus de compétence, de savoir, d'autorité, mais aussi plus de complaisances, parce qu'il sait que, dans quelques heures, il rencontrera ses justiciables sur le seuil de l'Institut. Telle est l'impression que produisirent sur moi, profane, les feuilletons, d'ailleurs excellents, sur *le Val d'Andorre*, *le Caïd*, *le Songe d'une Nuit d'été*, *la Fée aux roses*, *les Porcherons*, et *Marco Spada*, pour ne citer que les opéras les plus applaudis.

Je fus présenté à Adolphe Adam par notre ami commun, Joseph d'Ortigue. Nous allâmes ensemble, en 1854, à la première représentation de *l'Étoile du Nord*. A mesure que le succès s'accentuait et tournait à l'ovation, je voyais Adolphe Adam froncer le sourcil sous ses lunettes. Il m'avoua qu'après une grande machine comme celle-là, où l'auteur de *Robert le Diable*, des *Huguenots* et du *Prophète* avait mis en jeu toute sa science et toutes les ressources de son orchestre, il craignait que le véritable genre

de l'opéra-comique ne parût fade au public
et ne tombât en désuétude. Je le rassurai de
mon mieux, en lui disant qu'une œuvre co-
lossale telle que *l'Étoile du Nord* n'était et
ne pouvait être qu'un accident, une exception, dans le répertoire de la salle Favart,
et que l'opéra de Meyerbeer serait depuis
longtemps mis à la retraite lorsqu'on jouerait
encore *la Dame Blanche*, *le Chalet*, *le Postillon de Lonjumeau* et *le Domino Noir*.
Pour venir à l'appui de mes prévisions, qui
furent d'ailleurs justifiées, le théâtre de l'O-
péra-Comique afficha le lendemain la mil-
lième représentation de *la Dame Blanche*.

Pendant un entr'acte, Adam me demanda
si j'avais connu à Avignon madame Laurey,
qui y avait passé deux hivers et qui était une
de ses élèves de prédilection. Je lui répondis : « Oui, sans doute : c'était une aimable
femme qui faisait honneur à son maître ; car

17

elle chantait à merveille. — C'est pour elle, me dit-il, que j'ai écrit le *Noël* qui est devenu populaire. Les paroles sont d'un de vos compatriotes... — Oui, repris-je, M. Cappeau ; grâce à votre admirable musique, ce *Noël* est devenu, surtout dans notre Midi, *la Marseillaise*, non pas de la guerre ou de la paix, mais de la messe de minuit. Un trait de ressemblance avec Rouget de l'Isle et son hymne national, c'est que M. Cappeau, voltairien endurci, revenant sur sa belle inspiration du premier jour, a refait le premier couplet dans un sens plus philosophique que religieux. » (Je me hâte d'ajouter que M. Cappeau, lors de sa dernière maladie, fit appeler un prêtre, rétablit le texte primitif, et mourut fort chrétiennement.)

— Pauvre madame Laurey ! reprit Adolphe Adam. Elle est bien malheureuse. Son mari

est mort d'une fluxion de poitrine et du
chagrin de s'être ruiné dans l'affaire du pont
de Roquemaure. Elle n'était plus d'âge à
essayer du théâtre... Elle a loué l'hôtel
d'Italie, place Boïeldieu, juste en face du
foyer où nous sommes. Elle fait elle-même
son marché... Je vais quelquefois lui demander à dîner. Je donne des leçons de musique à sa fille, qui annonce les plus brillantes
dispositions ; mais j'éprouve, chaque fois que
je rentre dans cet hôtel, une vive impression
de tristesse. »

Hélas ! cette tristesse était un pressentiment. Deux ans après, presque jour pour
jour, Adolphe Adam alla dîner chez madame
Laurey. Dans la soirée, il se plaignit d'un
peu de malaise. Il mourut dans la nuit,
d'une rupture d'anévrisme. Il fut remplacé,
à l'*Assemblée nationale*, par Henri Blaze de
Bury, qui signa *Hans Werner*; pseudonyme

prétentieux, tribut d'arrière-saison, payé au germanisme romantique. Peu de temps après la mort d'Henri Blaze, je lui ai consacré une étude où je m'attachais à prouver qu'il n'avait pas rempli tout son mérite et qu'il pouvait figurer parmi les victimes de la fée Guignon. Je n'ai pas changé d'avis.

On m'accuserait d'affectation si je ne disais pas que mes *Causeries littéraires* de l'*Assemblée nationale* me valurent des relations très cordiales et très agréables avec les illustres patrons de notre journal; au premier rang, le glorieux *trio* des professeurs de la Sorbonne, MM. Guizot, Cousin et Villemain. On sait que, rendus à la vie privée par la ré-publique de Février, le coup d'État et l'em-pire, ils ne restèrent pas oisifs, au contraire! S'il est vrai que leurs années de pouvoir ne valurent pas, à nos yeux, leurs travaux et leurs ouvrages, on put dire que, en redeve-

nant simples académiciens et hommes de
lettres, ils aspirèrent à remonter. Hommes
de lettres, ai-je dit ; ils en eurent tout, même
les petites faiblesses. Ils attachèrent beaucoup de prix aux articles où on disait du bien
de leurs livres, et c'est ce qui assura mon
crédit ; car, n'ayant aucune ambition personnelle, et désireux de réparer autant que
possible les traits plus ou moins malins que
j'avais décochés contre eux sous le règne de
Louis-Philippe, je leur faisais bonne mesure.
N'importe ! n'y avait-il pas quelque chose de
touchant à voir ces hommes, qui avaient
passé par tous les honneurs politiques, dont
l'un, M. Guizot, avait savouré tous les triomphes de l'éloquence, revenir à leur écritoire
et chercher dans la littérature de quoi se
consoler de la perte de leurs illusions et de la
chute du gouvernement qu'ils avaient servi ?
Et n'eus-je pas lieu d'être ému lorsque,

entrant un jour, en 1849, chez madame Vannier, gantière, rue Caumartin, je trouvai sur son comptoir une note d'où il résultait que M. Guizot, ayant publié son volume sur Monk, pouvait lui payer un compte minuscule, resté momentanément en souffrance après la catastrophe de 1848?

De ces trois illustres, M. Cousin était le plus curieux et le plus extraordinaire. M. Jules Simon l'a dessiné d'un trait trop fin et trop malicieux pour que j'ose me risquer après lui. Sainte-Beuve, qui le détestait, un peu par envie, un peu aussi par ce sentiment d'antipathie qu'un parleur trop expansif de religion et de morale doit inspirer à un épicurien cynique, avait accordé quelques compliments aigres-doux aux magnifiques études sur madame de Longueville, madame de Sablé, la duchesse de Chevreuse et madame de Hautefort ; il refusa de le suivre lorsque le

philosophe en retraite, abusant de son succès, tenta de réhabiliter et de ressusciter
les romans de mademoiselle de Scudéry.
Il raconta même à ce propos que l'exagération de M. Cousin, dans son enthousiasme
pour la société française du xviiᵉ siècle
et pour le salon de madame de Rambouillet, l'avait amené par esprit de contra-
diction à exagérer à son tour l'éloge de *Madame Bovary* et de *Fanny*. Cet essai de
réhabilitation du *Grand Cyrus* et de *Clélie*
m'attira, de la part de M. Cousin, une bou-
tade qui le peint tout entier. Je l'avais plusieurs fois rencontré chez la marquise de
Blocqueville et chez M. de Montalembert, où
il parlait le langage d'un fervent catholique.
Ces rencontres avaient établi entre nous une
certaine familiarité. Naturellement, j'avais
porté aux nues ses quatre premiers volumes,
dont le dernier, *Madame de Hautefort*, se

terminait par deux pages d'une incomparable éloquence. Pour mademoiselle de Scudéry et le salon de madame de Rambouillet,
j'étais plus récalcitrant ; je me faisais attendre ; les semaines s'écoulaient ; or, en pareil
cas, la vengeance de M. Cousin consistait à
oublier jusqu'au nom du critique dont il
croyait avoir à se plaindre ; oubli qui reje-
tait le coupable dans le néant et dans la
nuit ; si bien qu'il dit un jour à la marquise
de Blocqueville : « A propos, n'ai je pas rencontré chez vous un *monsieur...* un *monsieur*
dont j'ai oublié le nom, qui écrit dans l'*Assemblée nationale* et dans le *Correspondant?* »
La marquise lui rappela mon nom en riant,
et lui fit remarquer que le *monsieur* dont le
nom lui échappait avait déjà consacré quatre
articles à ses quatre monographies et un
article à son volume intitulé : *Du Vrai, du
Beau et du Bien.* Ce volume, par parenthèse,

ne laissait pas que de le rendre fort perplexe.
Tout en admirant M. de Falloux, de qui il
me disait : « C'est un politique ! C'est votre
seul homme politique ; car Berryer n'est qu'un
grand artiste », il l'accusait d'avoir fait nommer, pendant son court ministère, monseigneur Pie à l'évêché de Poitiers, et il accusait
l'évêque de Poitiers d'intriguer auprès de la
cour de Rome pour qu'elle mît à l'index son livre *Du Vrai, du Beau et du Bien*. Puis il ajoutait avec une pantomime où le grand comédien
dominait le chrétien sincère : « Des phrases !
je leur en ferai jusqu'à ce qu'ils soient satis-
faits et qu'ils me laissent tranquille. » Le
tout d'un ton à la fois solennel et ironique
qui laissait peu d'illusion sur le fond du
sac.

En somme, sa vie avait été brillante, sa
mort fut triste. Il était à Cannes ; son compagnon de promenades, Prosper Mérimée,

dans ses lettres à Panizzi, raconte cette agonie dans ses douloureux détails. Cousin fut pris d'un accès de sommeil *comateux*, entremêlé de réveils en sursaut où il essayait en vain de rassembler une idée et de lier une phrase. Cette crise dura dix ou douze heures et finit par la mort, sans que l'illustre malade eût pu se reconnaître. Mérimée ajoute en écrivant à ce Panizzi, son camarade d'athéisme : « Vous comprenez que je me suis bien gardé de faire appeler un prêtre. *Le* Dupanloup en aurait abusé. »

M. Guizot avait plus de dignité, et mes relations avec lui étaient à l'abri des bourrasques. Il y mettait une franchise qui, chez tout autre, aurait prêté à sourire, mais qui ne s'accordait pas mal avec l'ensemble de son caractère et de sa vie. Quand il avait publié un nouvel ouvrage, il m'écrivait un mot de sa charmante écriture, aussi nette à

soixante-quinze ans qu'à trente, pour me
prier de passer un matin chez lui, non pas
bien entendu pour me dicter ce que je devais en dire, mais pour causer librement de
l'œuvre et du sujet. Je me souviens à ce propos que la publication d'un de ces livres
coïncida avec la mort de M. de Salvandy.
Le lendemain, je rencontrai dans l'escalier
du petit hôtel de la rue de la Ville-l'Évêque,
M. Liadières, qui avait fait jouer à l'Odéon et
au Théâtre-Français trois ou quatre tragé-
dies, qui ne comprenait pas pourquoi il ne
serait pas de l'Académie comme M. Viennet,
et dont la femme, très belle personne, ayant
reçu M. de Morny dans sa loge à l'Opéra-
Comique le soir du 1ᵉʳ décembre 1851, eut
l'honneur de lui inspirer la fameuse phrase :
« Je tâcherai d'être du côté du manche. »
M. Guizot me dit, au sujet de cette visite
de M. Liadières : « L'excellent homme ! Voilà

vingt ans qu'il vient me voir chaque fois que
meurt un académicien, avant même la célé-
bration des obsèques. Je lui fais toujours la
même réponse : Attendez! Le bon moment
n'est pas encore arrivé; j'aurai soin de vous
prévenir. Cette réponse lui suffit et il s'en
va content. »

Je fus frappé du sans-façon dont M. Guizot
me fit l'oraison funèbre de M. de Salvandy,
qui avait été deux ou trois fois son collègue :
« Il avait bien des qualités, et il fallait qu'il
en eût beaucoup pour être arrivé aussi haut
avec tant de ridicules. » Pauvre M. de Salvandy! Si enthousiaste, si chevaleresque, si
promptement rallié à la fusion et aux droits
du comte de Chambord, si dévoué aux can-
didatures académiques de nos amis ! N'ayant
plus que bien peu de temps à vivre, il s'était
passionné pour l'élection de M. de Falloux,
dont le compétiteur redoutable était Émile

Augier. Le châtelain du Bourg-d'Iré n'ayant pas de logement à Paris, il fut convenu que, en cas de succès, la réception et les félicitations auraient lieu chez M. de Salvandy, rue Cassette. M. de Falloux fut nommé, et jamais cette rue silencieuse comme la vertu n'avait vu affluer tant d'équipages armoriés; jamais ce salon assez simple ne s'était rempli d'une pareille foule de duchesses et de marquises. Le nouvel élu, le maître et la maîtresse de maison, ne savaient plus à qui entendre. Le comte de Brignole apporta un bouquet gigantesque qu'il avait fait venir de Nice à tout hasard; on eût dit, à voir cet enthousiasme du faubourg Saint-Germain, que l'élection de M. de Falloux allait servir de prélude au retour du comte de Chambord. Et pourtant nous étions en 1856, à la plus belle année de l'empire, vainqueur en Crimée et encore vierge des fatales guerres d'Italie et du

Mexique, en attendant pire! Qui m'eût dit alors, à moi, chétif, perdu dans cette multitude de grands personnages et de grands noms, qu'il viendrait un moment où ce même faubourg Saint-Germain parlerait de M. de Falloux comme d'un renégat, où Frohsdorf lui serait fermé, et où il écrirait des *Mémoires* très intéressants, très piquants, mais fort peu aimables pour Henri V et ses conseillers intimes?

Pauvre M. de Salvandy! N'est-ce pas de lui que Royer-Collard disait : « Non! vous vous trompez! M. de Salvandy n'est pas un sot; c'est LE SOT? »

Si j'avais à juger ces dernières périodes de la vie de M. Guizot, qui survécut, comme on sait, à presque tous ses contemporains et, moins heureux que MM. Cousin et Ville-main, eut le temps de voir nos désastres, une invasion, la France amoindrie de deux

provinces, la rançon, la Commune, l'omnipotence et les roueries de M. Thiers son
ennemi intime, et, en octobre 1873, l'avortement de nos espérances monarchiques, je ne
lui reprocherais pas d'avoir attaché une
grande importance à des articles de journal
dont sa gloire n'avait pas besoin, mais d'avoir
voulu exercer à l'Académie française une
influence qui allait parfois jusqu'au despotisme. Il suffisait que M. Thiers eût un candidat pour que ce candidat fût battu en brèche
par l'ancien adversaire du *petit bourgeois*.
Lorsque l'Académie, en 1862, eut à remplacer Eugène Scribe, il y eut treize tours de
scrutin, restés légendaires, qui n'aboutirent
pas et qui inspirèrent une jolie fantaisie à
Charles Monselet, l'Albert Millaud de cette
année-là. L'élection fut renvoyée à six mois.
Joseph Autran, qui aurait été nommé, si, la
veille de l'élection, le vénérable M. Biot

n'avait eu la mauvaise idée de se laisser
mourir, alla annoncer à M. Guizot son intention de se désister en faveur d'Octave Feuil-
let. M. Guizot applaudit avec enthousiasme :
« Vous faites là, dit-il, une chose excellente,
et dont l'Académie vous tiendra compte. Au
surplus, votre sacrifice ne vous coûtera que
quelques mois d'attente. Notre collègue
M. de Vigny se meurt d'une maladie incu-
rable. Sa succession vous convient mieux que
celle de M. Scribe. » — M. de Vigny mourut en septembre 1863, et M. Guizot combat-
tit si énergiquement la candidature d'Autran,
— protégé par M. Thiers, — que le poète de
la Fille d'Eschyle attendit encore cinq ans !

Lorsqu'un homme a passé par un grand
pouvoir, ce que son orgueil accepte le plus
difficilement, c'est de ne plus être une puissance *quelque part*. Ce dont sa vanité finit
par s'accommoder, c'est le rétrécissement du

cadre, et elle y apporte d'autant plus de passion que le cadre est plus amoindri. Je rap-
pellerais ici Charles-Quint au couvent de
Saint-Yust, si je ne craignais de manquer de
respect aux académiciens en laissant croire
que, pour ne pas retarder, ils ont besoin d'être
montés comme des horloges.

Je serai plus bref avec M. Villemain ; et
cependant, il était, des trois immortels professeurs, celui que je connaissais depuis le
plus longtemps. En 1830, six mois avant la
Révolution, il avait failli épouser mademoiselle Mélanie Double, fille du célèbre médecin, qui m'admettait dans son intimité, et
dont le fils, Léopold, mon camarade au collège Saint-Louis, devait trente ans plus tard
acquérir une grande renommée à titre de
collectionneur et de possesseur de curiosités
et d'œuvres d'art, où se reconstruisait l'histoire de tout un siècle. Il avait apporté à

former cette collection sans rivale, aujour-
d'hui éparpillée en Europe et en Amérique,
un goût, un tact, une science, une sûreté de
coup d'œil, qui s'élevaient presque jusqu'au
génie ; mais, pour le moment, il manquait
d'esprit ; témoin ce mot qu'il répétait com-
plaisamment pendant que M. Villemain venait faire sa cour à sa sœur Mélanie : « Avec
un beau-frère tel que celui-là, il est impossible de ne pas être très spirituel. » En revanche, sa sœur était très spirituelle, quelque
peu libre penseuse, grisée de son propre
esprit et de celui de son fiancé. Quand le mariage manqua, ce fut elle qui éprouva le plus
de regrets ; et pourtant, la laideur simiesque
de M. Villemain, sa taille contrefaite, sa
tenue négligée, le gilet de tricot, d'une pro-
preté suspecte, dépassant la manche de son
habit, tout cela est trop connu pour que j'y
insiste.

Au dernier moment, madame Villemain la mère, qui paraissait être une maîtresse femme et qui redoutait pour son Abel (ce malin s'appelait Abel), l'influence d'une personne aussi distinguée que mademoiselle Double, déclara à son fils que, s'il passait outre, elle se jetterait par la fenêtre. S'il avait été amoureux, il aurait répondu avec le sourire qui aiguisait ses *mots* : « Eh bien, ma mère, je me marierai au rez-de-chaussée. » Mais il ne l'était pas, et le mariage fut rompu.

Mélanie fut au désespoir; puis, après un mariage insignifiant, elle se passionna pour l'*innocence* de M. Libri, devint veuve, épousa le trop spirituel écumeur de bibliothèques, obtint de Mérimée qu'il plaidât la cause de son mari, passa en Angleterre et mourut jeune.

Encore un souvenir qui donne une idée de l'ardeur des opinions dans le camp royaliste et dans le parti libéral. Un soir, en juin 1830, j'avais dîné chez la marquise de M..., fille du célèbre maître des cérémonies à qui Mirabeau n'a jamais dit sa fameuse phrase. C'était le jour où l'on venait de nommer la commission de l'Adresse dite des 221. Un député de l'extrême droite, le marquis de P..., un des convives, arriva en retard et dit : « On vient de nommer la commission ; si j'en juge par les noms, elle sera *bonne*. » Alors, il y eut un cri de révolte parmi les assistants, et l'un d'eux s'écria : « Tant mieux ! Charles X saura mieux ce qu'il a à faire ; j'espère bien qu'il profitera de l'occasion. Un régiment de la garde royale aura raison de ces factieux. » J'allai finir ma soirée chez M. Double. En qualité de médecin à la mode, il était obligé d'être très prudent. Mais il avait ce soir-là dans son salon des membres de l'Académie des sciences : Poisson, Mathieu, Gay-Lussac, l'illustre François Arago, puis des artistes, quelques avocats célèbres, un abrégé de la plus intelligente bourgeoisie parisienne ; ils ne disaient pas : « Charles X va être forcé de *se soumettre ou de se démettre* », mais : « Le roi s'entêtera ; nous nous obstinerons comme lui, et, avant un mois, nous aurons une révolution. »

Je retrouvais M. Villemain vingt-quatre ans plus tard, chez la marquise de Blocqueville, chez la comtesse de Beaumont ; ses nouveaux ouvrages : les *Souvenirs contemporains*, la *Tribune moderne*, avaient renoué nos relations. On parlait aussi de son *Histoire de Grégoire VII*, destinée à traduire en bon français l'*Exegi monumentum* ; mais, comme on en parlait déjà vingt-cinq ans auparavant, j'avais fini par être incrédule. Ce livre parut deux ou trois ans après sa mort. Faut-il attribuer au malheur des temps son insuccès ? Je

l'ignore, ne l'ayant pas lu. Mais nous devons
avouer que ses ouvrages : l'*Histoire de
Cromwell, Lascaris*, la *Tribune moderne*, voire
les *Souvenirs contemporains*, restèrent au-
dessous de sa brillante réputation et de l'attente publique. Ce qui demeure son chef-
d'œuvre, c'est le *Cours de littérature* professé
à la Sorbonne et réuni en volumes. On peut
y ajouter ses rapports à l'Académie française
à titre de secrétaire perpétuel et lui tenir
compte de cette causerie étincelante qui pouvait aussi être regardée comme de la littérature, puisque au milieu de la décadence du
goût et du langage, elle maintenait les traditions du véritable esprit français. Sainte-
Beuve, qui l'a fort maltraité dans ses *Cahiers*
après l'avoir flagorné, ne manque pas une
occasion de le qualifier de *malin singe*. C'est
fort exagéré. Les singes ne parlent pas, et,
s'ils parlaient, la parole ne les embellirait

guère. Un des traits caractéristiques de
M. Villemain était justement le changement
absolu de l'expression de sa figure, lorsqu'il
lançait un joli mot ou une épigramme. On
eût dit que le plaisir d'avoir de l'esprit éclai-
rait son visage comme un rayon de soleil sur
un paysage disgracié de la nature. Lorsque je
le retrouvai, en plein empire, il avait subi
deux ou trois crises où avait un moment
sombré cette belle intelligence et où il se
croyait poursuivi par les pères jésuites. Il
n'en est resté dans notre souvenir que le
charmant billet laissé à la porte de madame
de Girardin : « M. Villemain a passé chez
madame de Girardin pour lui donner de ses
nouvelles et l'informer qu'il n'a été mort et
imbécile qu'*officiellement.* »

De temps à autre, la marquise de Blocqueville, pour le plus grand plaisir de ses convives, invitait ensemble M. Villemain et

M. Cousin. Elle dépassait son but au lieu de
l'atteindre : ces deux merveilleux esprits, qui
nous enchantaient séparément, finissaient par
fatiguer à force de se taquiner et parce que
chacun des deux voulait briller aux dépens
de l'autre. Rappelons, en finissant, que, pendant les dernières années de sa vieillesse,
M. Villemain, raccommodé avec les jésuites,
allait régulièrement à la messe de sa paroisse,
soutenu par sa fille aînée qu'il appelait son
Antigone. Rappelons aussi que la date de sa
mort fut un bienfait de la Providence. Il
mourut le 8 mai 1870, le jour où la Grèce,
qu'il avait tant aimée, était déshonorée par
les brigands de Marathon et où l'empire,
qu'il détestait, avait cru se raffermir à l'aide
du plébiscite. Nommé académicien à l'âge
de trente et un ans, — il succédait à M. de
Fontanes, — peu s'en fallut qu'il ne pût célébrer la cinquantaine académique, encore

plus rare que la cinquantaine conjugale.

En 1855, lorsque je publiai le second volume des *Causeries littéraires*, encouragé par
les suffrages complaisants qu'avait rencontrés
le premier, et me figurant que la lune de miel
ne finirait pas de sitôt, j'eus l'idée, pour
corser le volume, d'y ajouter une étude sur
Béranger, qui avait paru, pendant la dernière
saison de l'*Opinion publique* sans soulever la
moindre tempête. J'avais pris pour point de
départ un article où Sainte-Beuve, fidèle à
son système de démolitions crépusculaires,
oubliant qu'il s'était fait jadis le thuriféraire
du chansonnier de Lisette, le discutait poli-
ment et malignement, de façon à le dépouil-
ler de son prestige de poète lyrique, à dévoi-
ler en lui le faux bonhomme, à nous montrer
comment les servitudes du refrain avaient
réduit son style à des concessions ridicules,
et à ne lui laisser que sa couronne d'*Yvetot*

18

et de la *bonne Vieille*, — « un peu plus littéraire et un peu moins gai que Désaugiers ».
— Il m'avait semblé que, si Sainte-Beuve,
qui se rangeait alors parmi les *neutres*, en
attendant l'athéisme, s'était montré aussi
sévère pour l'idole du libéralisme et du bonapartisme voltairiens, je pouvais, moi, catholique et royaliste, forcer un peu la note et
laisser deviner mon mépris à l'égard de
l'homme funeste qui avait insulté l'ange gar-
dien et le jour des Morts, profané l'image
sacrée de l'aïeule, vilipendé les ordres religieux, remplacé le Dieu des chrétiens par le
Dieu des bonnes gens, discrédité les Bourbons en ressuscitant la légende napoléo-
nienne, et contribué à préparer le second
empire au moment où nous espérions le retour de la monarchie.

... Quoi ! lui mourir ! ô gloire, quel veuvage !

Hélas ! cette veuve en avait fait tant d'autres, qu'elle perdait le droit de se plaindre.

M. Mallac, à qui j'avais offert mon volume, fit, sans me prévenir, paraître, dans l'*Assemblée nationale*, cette étude sur Béranger. Aussitôt se déchaînèrent les bourrasques du *Charivari* et les orages du *Siècle*. J'aurais pu dire, comme René, que j'entrais (mais sans ravissement) dans la saison des tempêtes. Chaque matin, pendant une quinzaine, j'étais servi, à la croque-au-sel, aux abonnés du journal de M. Havin et du journal de M. Huart. Mon persécuteur le plus acharné, dans cette crise de ma vie militante, fut M. Taxile Delord, qui ne manquait pas de littérature, mais qui manquait de gaieté, comme tous les hommes atteints d'une maladie de foie. On m'aurait bien étonné, en cette année de grâce impériale 1855, si on m'avait dit que, seize ans plus tard, ce même Taxile Delord serait député de Vaucluse, conjoin-

tement avec MM. Naquet, Gent et Elzéar Pin,
nommés en février, invalidés en avril, réélus
en juillet avec dix mille voix de plus, grâce
à la perfide complicité de M. Thiers, lequel,
afin d'affaiblir l'énorme majorité royaliste
qui inquiétait son omnipotence ne négligea
rien pour que les élections complémentaires
de juillet fussent républicaines.

Pendant la Commune, M. Taxile Delord
s'était réfugié à Avignon, et, sans doute, il
en profita pour faire connaissance avec *son*
chef-lieu et avec *son* département, où il ne
possédait pas, bien entendu, un centimètre
de terrain. Le jour même où nous appre-
nions les premiers incendies et les premiers
massacres, je le rencontrai chez Roumanille,
notre cher poète provençal et chrétien. Son
teint jaune accusait les ravages de sa maladie ;
son indignation et sa douleur, — que je dus
croire sincères, — créaient entre nous, pour

la première fois depuis notre baptême
(M. Taxile Delord était protestant), un sentiment commun. Nous nous tendîmes la main.
Nous comprenions, tous deux, qu'après tant
de catastrophes, après les désastres de l'année
terrible, en face des crimes effroyables qui
se commettaient à Paris, nos griefs personnels devaient disparaître comme des grains
de sable dans un cyclone. « Les misérables !
me dit-il, les scélérats ! ils vont m'achever. »
Je lui serrai de nouveau la main et je lui
dis : « S'il est vrai, comme nous ne pouvons
en douter, que nous fussions tous deux,
chacun dans notre parti, victimes du 2 Décembre, convenez que j'avais bien quelques
prétextes pour m'en prendre à Béranger, qui
avait contribué, plus que personne, en qualité de précurseur, à la réussite du coup
d'État. »

Il est temps que je justifie le titre de ce

nouvel et dernier épisode littéraire : *le Sui-
cide d'un journal.* Nous savions de longue
date que *l'Assemblée nationale* était condamnée. Son mal ressemblait à ces maladies
chroniques dont les crises se rapprochent et
s'aggravent de plus en plus, jusqu'à celle
qui emporte le malade. Notre journal avait
fait une très vive opposition à la guerre de
Crimée, et il n'avait pas tort, puisque cette
guerre, toute au profit de l'Angleterre, risquait de nous faire perdre pour toujours les
sympathies de la Russie. Son tort, qui le
rendit impopulaire, lors de la prise de Sébas-
topol, fut de traiter cette victoire décisive
comme un demi-succès insignifiant et partiel.
En juillet 1857, à la suite de je ne sais quelle
imprudence, *l'Assemblée nationale* fut sus-
pendue pour trois mois, avec défense, si elle
reparaissait, non pas de s'appeler Pietro,
mais de garder son titre qui avait trop l'air

d'un défi lancé aux vainqueurs du 2 Décembre. Elle reparut en octobre; elle s'intitula
le Spectateur. Mais il était clair qu'elle ne
battait que d'une aile, et que cette aile avait
du plomb. A dater de ce moment, M. Mallac
et la police impériale s'accordèrent en ce
sens que des deux côtés on désirait en finir
et que l'on n'attendait plus qu'une occasion.
Cette occasion se présenta bientôt, et elle fut
tragique. L'attentat d'Orsini eut lieu le
14 janvier 1858. Le lendemain, le *Spectateur*
publia un article d'où il résultait, sous des
voiles fort transparents, que l'empire,
n'ayant pas de racines dans le pays et ne tenant qu'à un homme, aurait cessé d'exister
si les bombes d'Orsini avaient atteint Napoléon III. Vingt-quatre heures après, notre
pauvre journal avait vécu. Remarquons en
passant que, suivant toute vraisemblance,
l'auteur de cet article comparable à un sui-

cide se trompait. La mort violente du souverain aurait peut-être affermi sa jeune et fragile dynastie. On évitait probablement la
fatale guerre d'Italie. Le prince impérial,
dont on a pu apprécier les qualités sérieuses
et charmantes, aurait grandi entre l'impératrice et de sages conseillers tels que M. Rou-
her. Héritier d'un trône qui n'eût rien perdu
de son éclat, il aurait pu à vingt ans épouser
une princesse d'Angleterre, qui nous aurait
assuré des alliances. Nous échappions à la
troisième république, et c'est par là que je
veux finir la série de mes conjectures.

Je pourrais multiplier encore ces *Épisodes
littéraires*, puisque celui-ci date de 1858,
que nous sommes en 1890, et que, dans cet
intervalle d'un tiers de siècle, je ne suis pas
resté inactif. Mais en voilà assez, et Dieu
veuille que mes lecteurs ne disent pas : « En
voilà trop ! » Je dois désormais laisser re-

poser ma vieille plume qui n'a que trop couru et trop écrit. On a dit souvent que les vieillards doivent vivre dans le passé ; oui, mais ils doivent aussi vivre dans l'avenir, et cet avenir-là n'a rien de commun avec les écritures et les vanités humaines.

25 janvier 1890.

NOTE

Le ton légèrement épigrammatique du chapitre sur l'*Opinion publique* serait de nature à
laisser croire que l'auteur n'a pas conservé d'autres et meilleurs souvenirs de son passage au
journal dirigé par M. Alfred Nettement. Le lecteur ne doit pas se méprendre sur sa vraie pensée, qui est une profonde estime pour le caractère de Nettement et de ses collaborateurs, R. de
Belleval, Adolphe Sala, Albert du Boys, Henri de
Pène, Adolphe et Albert de Circourt. A ce point
de vue, les pages que l'on vient de lire seront
utilement complétées par l'extrait suivant des
Causeries littéraires d'Edmond Biré :

« En quelques mois et avant la fin de l'année

1848, le chiffre respectable de six mille abonnés était atteint. *L'Opinion publique* put alors avoir, au numéro 10 de la rue Taitbout, des bureaux à elle. De nouveaux rédacteurs venaient en même temps renforcer le petit groupe : M. Albert de Circourt, M. Adolphe Sala, ancien officier de la garde royale, et un tout jeune homme qui devait plus tard marquer dans la presse au premier rang, M. Henri de Pène. Avec de pareils auxiliaires, la marche régulière du journal était désormais assurée; les *accidents* n'étaient plus à redouter. Tout marchait à souhait. Alfred Nettement était nommé représentant du peuple par les électeurs du Morbihan. Hélas! la Roche tarpéienne est près du Capitole. Des imprudences avaient été commises. Si la rédaction était des plus brillantes, l'administration n'avait pas toujours été des plus sages. On avait augmenté considérablement le format sans élever dans la même proportion le chiffre de l'abonnement. Un jour vint où il fallut bien s'avouer que les recettes et les dépenses ne s'équilibraient plus. Que faire? Susprendre le journal au moment où son influence allait grandissant, où il rendait de véritables services? Il n'y fallait pas songer. Aug-

menter le prix d'abonnement? C'était bien pé-
rilleux; c'était, dans tous les cas, aller contre le
but que s'étaient proposé les fondateurs, qui
avaient surtout voulu faire une œuvre de propagande. Adolphe Sala émit l'idée de recourir à un
moyen héroïque. « Payons, dit-il, les feuilletons
et les articles en dehors; mais que la rédaction
habituelle cesse d'être payée. Que l'honneur de
servir notre cause soit notre seul salaire, et tra-
vaillons gratis tant qu'il plaira à Dieu. » La mo-
tion fut votée à l'unanimité. Alfred Nettement
et M. de Pontmartin restèrent rédacteurs en chef
sans appointements. Un tel fait se passe de commentaires. J'ai tenu à le rappeler pour l'honneur
de la presse royaliste. »

TABLE

5767-90. — Corbeil. Imprimerie Crété.

www.ingramcontent.com/pod-product-compliance
Lightning Source LLC
Chambersburg PA
CBHW050144030726
47505CB00005B/1225